이제는

자기사랑

# 이제는 자기사랑

이정옥 지음

**초판 인쇄** 2023년 4월 15일
**초판 발행** 2023년 4월 20일

| | |
|---|---|
| **지은이** | 이정옥 |
| **펴낸이** | 이미숙 |
| **펴낸곳** | 도서출판 북뜰 |
| **기 획** | 장창용 |
| **마케팅** | 형 솔 |
| **디자인** | Golden avenue |
| **등 록** | 제25100-2022-000092호 |
| **주 소** | 경기도 파주시 운정4길 222-31. 1F |
| **전 화** | 1577-2935, (031) 942-1280 |
| **팩 스** | (031) 943-1280 |
| **이메일** | bookddle@naver.com |

값 16,000원

ISBN 979-11-980203-1-4

# 이제는
# 자기사랑

이 정 옥 지음

꽃길 따라 떠나는 사계절 행복 선언

북뜰

**하모니** 앙리 마르탱 1860-1943 프랑스

## 꽃길 따라 떠나다

잊지 않고 찾아온 봄이
꽃향기 날리며 떠나자 합니다

슬픔이 기쁨이 되리니
절망이 환희가 되리니
떠나자 합니다

인동초忍冬草 꽃말
'사랑의 인연'을 찾아
떠나자 합니다

남도 끝자락에는
겨울에도 피는 꽃이 있느니
무인도에도 사철 꽃이 피느니

떠나지 않으면 만나지 못하리
맨발이면 어떠리 떠나자 합니다.

□ 차례

족제비꽃 퍼민 배스 1874-1943 벨기에

# 정월 正月

삶은 그냥
신비에 대한 환희라야 합니다.

삶은 그냥
영원에 대한 목마름이라야 합니다.

정월 / 하나

**덕담**德談

사랑은
사랑을 받기 위해 있는 것이 아니라
사랑하기 위해 있는 것이다.
— 루이 에블리

이른 아침 찬 공기를 가르고 전화벨이 울립니다.

"새해 복 많이 받으세요."

서로의 길로 떠난 지 십여 년이 지난 직장 후배입니다.

'아, 잊지 않았구나!'

목소리를 듣는 순간 감동이 가슴에 물결칩니다. 정월 한 달 동안 우리는 이렇게 덕담을 나눕니다.

덕담은 누군가를 축복하는 기도입니다.

덕담은 그대가 누군가의 이름을 적은 소지燒紙 한 장을 태워 그 연기를 하늘로 올리는 일이지요.

덕담은 자기가 아니라 누군가를 위한 기도이기에 하늘 문이 열리는 것이지요.


우리는 행복하기를 바랍니다. 하지만 다만 노력할 수 있을 뿐, 자기가 자기를 축복할 수는 없습니다. 왜 자기가 자기를 축복하는 일이 허락되지 않았을까요?

이 일이 허락되었다면 얼마나 많은 사람이 촛불을 켜고 향을 피웠겠는지요. 그 매캐한 연기가 세상을 뒤덮었겠지요. 생각만 해도 아찔해집니다.

그러기에 오히려 자기가 자기를 축복하는 일이 허락되지 않은 것이 다행임을 알게 됩니다.

우리는 행복과 불행 사이에서 어느 지점이 넘어서는 안 되는 선線인지를 알지 못합니다. 달리다 돌부리에 걸려 넘어지는 일이 얼마나 많은지요. 우리는 많이 가지면 가질수록 불행해진다는 사실을 알려 하지 않습니다. 한 아름 안고 산을 오르다 미끄러 져 주저앉는 일 또한 얼마나 많은지요.

**세 명의 데이지 댄서** 마리 로랑생 1883-1956 프랑스

어느 신학자가 말한 것으로 기억합니다.

"하느님이라도 인간이 청하지 않을 때는
주실 방법이 없다."

사노라면 때로는 나 대신 누군가가 나의 모자람을 눈치채고
하느님께 청해주어야 할 때가 있지요.
덕담을 주고받을 때 우리는 서로에게 사제司祭가 됩니다. 그대
가 나의 사제가 되고 내가 그대의 사제가 되는 것이지요.
사제의 기도는 아름답습니다. 오만과 시샘의 마음으로는 사제
가 될 수 없기 때문이지요.
누가 사제입니까?

절망한 이의 가슴에 꽃씨를 뿌리는 사람
부자보다는 가난한 이의 머리 위에
더 뜨거운 손을 얹고 축복하는 사람
미망인의 댓돌에 쌓인 먼지를 씻기 위해
저문 봄날 내리는 한줄기 단비인 사람
깊은 밤 홀로 하늘 우러러
세상에 빛이 쏟아지기를 기도하는 사람

그대는 아직도 왜 사는지를 묻고 있는지요?
세찬 비바람 꽃잎 쓸어가고, 길을 가다 늪에 빠지기도 하지요.
그때도 '인생은 아름답다'라고 말할 수 있으려면 그대를 위해 기
도해주는 사제가 있어야 하지요.

"기별 없이 찾아가 문을 두드리며 하룻밤 쉬어가기를 청할 친구가 있는지요?"

이 물음은 그대가 그동안 얼마나 많은 사람과 덕담을 주고받았는가를 묻는 말이기도 하지요.

누군가 나의 사제가 되어 기도해주는 순간 나의 아픔이 봄눈 녹듯 녹아내리는 것을 경험한 적이 있는지요?

뒤발 뤼시엥 신부가 〈달과 놀던 아이〉에서 말했지요

하느님은 홀로 역사役事하시지 않으시고
인간의 손, 내 형제들의 손을 빌려 일하신다.

덕담은 우리를 사제의 마음이 되게 합니다.
덕담은 선조가 남긴 아름다운 유산입니다.

알프레드 세이퍼트 1850-1901 체코 출신 독일 화가, 1900

정월 / 둘
# 고향으로 가는 길

인간은
인생의 마지막에 정착할
영원한 고향을 찾고 있는 이방인이다.
― 안셀름 그린

**집으로 가는 길**  한스 크리스티안센 1850-1922 덴마크

어느 시인이 말했습니다.

"여행은 기차보다는 버스로, 버스보다는 걸어서 하라.
여럿보다는 둘이서, 둘보다는 혼자 떠나라."

우리가 혼자 정처 없이 가고 싶은 곳이 있다면 어디이겠는지요? 혼자 길을 나서면 고향으로 향하고 있는 자신을 발견하게 될 것입니다.

강가 미루나무 숲은 자취 없이 사라지고 옹기종기 다정했던 마을에 회색 아파트가 즐비한 거리. 낯선 사람의 문패가 걸린 고향 집을 바라보며 여인숙에서 하룻밤 지새울 때의 적막감을 눈물 없이 감당할 수 있는 사람은 몇이나 되겠는지요.

이러함에도 우리는 고향을 그리워합니다. 휘영청 달밤의 술래잡기, 옷섶 물들이며 오디 따먹기, 미나리꽝에 빠지며 잠자리 잡기, 봄 햇살 등에 지고 나물 캐기…….

웃으며 모였다 토라져 헤어지고 토라져 떠났다 웃으며 돌아오던 유년의 벗들도 고향을 그리워하고 있겠지요.


우리의 지난날은 처절했습니다. 가난의 고통이 처절했고 전쟁의 아픔이 처절했습니다. 그 절망의 시절에도 새벽을 기다릴 수 있었던 것은 어머니의 사랑이 있었기에 가능했지요.

왕조 말기, 일제강점기, 해방 후 혼란기와 6.25 전쟁을 겪은 그 시절 어머니들의 삶은 지난至難했습니다.

한편 한편이 모두 소중하게 간직해야 할 역사의 증언이기에 언제 들어도 가슴을 저리게 하지요.

그 허허한 고난의 시절에 가족의 울타리가 되어주신 어머니. 질박한 촌부였던 어머니가 말씀하셨지요.

"돌로 빚은 것에 절하기보다는 사람에게 절해야 하느니라. 사람은 살아있는 부처이니까."

어머니가 제 가슴에 심어주신 삶의 지혜들을 간직하고 있어 무너지다가도 자세를 추스를 수 있습니다.

찢어진 청바지를 입은 청소년을 만날 때면 자책하게 됩니다. 우리가 청춘을 이해하려 노력한 적이 있기나 했던지요? 그들의 모습은 어쩌면 낡은 관습으로 조여 오는 어른들에 대한 거부의 몸짓인지도 모를 일이지요.

무거운 책가방을 들고 학교와 학원을 오가는 것이 전부인 아이들. 저 아이들의 추억이 책가방에 대한 기억뿐이라면 슬픈 일이지요.

시인 에밀리 디킨슨이 말했습니다.

"고향은 신의 다른 이름이다."

봄날 흩날리는 꽃잎의 비가悲歌를 혼자 들어야 할 때
비 내리는 가을 적막 속에 혼자 검푸른 강을 건너야 할 때
화창한 봄날 예기치 않은 소나기에 온몸이 흠뻑 젖었을 때
이런 시간 앞에서 주저앉게 되었을 때 가슴에 불을 지펴 다시 삶의 터전으로 돌아가게 하는 힘은 어디서 오는지요? 누가 이렇게 물으면 나는 한마디로 말할 수 있지요.

어머니에 대한 추억이라고.

'고향은 신의 다른 이름'이라는 디킨슨의 말을 나는 이렇게 고쳐 말하기를 주저하지 않습니다.
"어머니는 신의 다른 이름이다."

어머니는
씨앗이 과일나무로 자라게 하는
봄날 다사로운 햇살이지요

어머니는
풋열매를 영글게 하는
가을날 소슬바람이지요

어머니는
아픔을 치유하는 약손이지요.

고향이 어머니이고, 어머니가 고향이었던 지난날이 오늘따라 너무 그립습니다.

**두 소녀** 피에르 오귀스트 르누아르 1841-1919 프랑스

정월 / 셋

# 고마운 얼굴

놀고먹는 사람이 한 사람 있으면
다른 한 사람은 가혹한 노동을 하고 있다.
배불리 먹는 사람이 한 사람 있으면
다른 한 사람은 굶주리고 있다.

— 톨스토이

삭풍이 **뼛속까지** 파고드는 초저녁입니다. 가난한 이들을 더욱 힘들게 하는 차가운 골목 바람이 내일 새벽의 혹한을 예고하듯 창을 흔듭니다.

저물녘 시외버스 종점에서 군밤 장수 아저씨를 만납니다. 시골 장터에서 말린 산나물 바구니를 들고 마지막 손님을 기다리는 손마디 굵은 할머니를 만나기도 하지요. 이들을 만날 때면 무작정 아무거나 사고 싶어집니다.

젊은 노점상 앞을 지날 때면 고개를 숙이게 됩니다. 로데오 거리의 화려함, 마로니에 공원의 축제, 편안하고 풍성하고 멋진 것들. 온갖 유혹 앞에서 묵묵히 자기 삶을 받아들인 그의 인내가 고마워서입니다.

이 세상에는 다녀가서 좋았던 사람과 다녀가지 말았어야 할 사람이 있다고 합니다.

나라 글을 만들어 백성의 눈을 열어주신 세종대왕은 민족혼을 일깨운 고매한 영혼이었습니다. 다녀가서 좋았던 분이지요.

독선과 망상으로 인류 역사에 깊은 상처를 남긴 히틀러에 대해서는 어떻게 말해야 할까요? 이 세상에 오지 말았어야 했던 사람이라 해야겠지요.

우리는 역사에 큰 획을 그은 인물에 대해서는 그 이름을 기리면서 서민의 고통에 대해서는 무심無心합니다.

과학도의 탐구도 고마워해야 하지만, 풍랑에 아들을 잃었어도 다시 일어나 그물을 던지는 어부의 침묵도 고마워해야 합니다.

선구자의 용기도 고마워해야 하지만, 폭풍이 삶의 터전을 쓸어갔어도 고향을 지키는 농부의 인내도 고마워해야 합니다.

궁핍이 문전을 가로막아도 낙담하지 않는 사람들, 고통이 침상을 차지해도 절망하지 않는 사람들, 쓰러지고 쓰러져도 다시 일어서는 황폐한 들녘의 잡초 같은 사람들. 우리는 그들의 삶에 고마워해야 합니다.

러시아 소설가 안톤 체호프가 말합니다.


"행복한 사람은 불행한 사람이
말없이 자신의 무거운 짐을 짊어지고 걷고 있기에
행복을 즐길 수 있는 것이다."


헐벗은 가지들이 겨울바람에 떨고 있는 소리
눈밭을 가로지르는 고양이 발걸음 소리
낙엽 바스락거리는 소리
이들 겨울 소리에 잠이 달아난 밤이면 아직도 집으로 돌아가지 못한 어느 노점상이 내게 묻는 듯합니다.

"너는 몇 사람에게나 고마운 얼굴로 기억되고 있느냐?"

정월 / 넷

# 존재의 향기

사람은 덕 있는 삶,
스스로 만족하는 삶을 살 때만 행복하다.
— 벤자민 프랭클린

**촛불 아래서 책 읽는 여인** 페테르 빌헬름 일스테드 1861-1933 덴마크

옆집 중년 부부가 사흘을 못 참고 격앙된 목소리로 다툽니다. 깊은 밤 다투는 소리가 들리면 혼자 중얼거리곤 했지요.

'백년해로는 글렀구나. 무슨 재미로 살까?'

갈잎이 골목을 쓸고 다니기에 싸리비를 들고 대문을 나서는데 외출을 서둘던 옆집 부인이 말했습니다.

"혼자서 무슨 재미로 그 짓이우?"

아, 그 당당하던 말투! 그들은 불행하고 나는 행복하다고 여겨왔으니 그날의 일은 충격이었지요.

새벽까지 불 밝히고 천년 세월 속 석학들을 만날 때의 감동. 그 순간의 충만감을 무엇과 바꿀 수 있겠는지요.

아침 해가 남쪽 기슭 잡목 숲을 비추는 시간, 산새 소리를 들으며 차를 마실 때 감도는 향긋한 평화로움. 노을에 잠긴 서쪽 하늘을 바라보며 하루를 마감할 때 계곡 건너 절집에서 들려오는 은은한 범종 소리를 들을 때의 감미로움. 이 기쁨의 조각을 지금도 소중히 간직하고 있습니다.

괴나리봇짐만 지고 일어서면 문전옥답도 버리고, 인연도 직장도 내려놓고 훌쩍 떠날 수 있는 자유. 나는 이 자유를 포기할 수가 없었습니다.

그랬기에, 옆집 부부를 연민의 눈으로 바라보고 있었는데 그들이 나를 동정 어린 눈으로 보고 있었다니 충격이었지요.

이런 일이 있은 다음에야 고쳐 생각하게 되었습니다. 큰 것도 작은 것도, 검은 것도 흰 것도, 떠나는 것도 다가오는 것도 모두 나름의 존재 이유를 지닌 것을 알게 되었지요.

이것이 아니면 저것, 둘 중 하나를 택하라며 다그쳤던 내가 '글쎄요'라는 애매한 대답을 받아들이기 시작했습니다.

비로소 모든 고통과 이별과 죽음까지도 삶이라는 가지에 피어오르는 향기, 존재의 향기임을 긍정하기에 이르렀습니다.

신은 죽었다고 말한 시인의 용기에 박수를 보냈던 일이 청춘의 반란이었음을 시인하게 되었습니다.

낡은 것에 대한, 미운 것에 대한, 모자라는 것에 대한 온갖 불만이 지나친 관심에서 비롯된 것임을 깨달았습니다. 응어리져있던 불만들이 녹아내렸지요.


죽음을 무릅쓰고 히말라야 등반길에 오르는 사람에게 물어보아야겠지요. 지하도 계단에 엎디어 있는 이에게도 물어보아야겠지요. 막장에서 하루 일을 끝내고 갱문을 나서는 광부에게도 물어보아야겠지요.

"행복하세요?"

산정山頂에 깃발을 꽂는 순간, 쩽그랑하고 떨어지는 동전과 동전 사이에 지전 한 장이 사뿐히 내리는 순간, 탄가루를 쓴 검은 얼굴로 푸른 하늘을 보는 순간.

그 순간 그들의 감동이 어떤 크기인지를 우리가 어찌 짐작할 수 있겠는지요. 오늘도 우리가 찾아 헤매는 행복이 이런 일별—瞥의 순간이었던 것을 알게 되었지요.


은퇴 후 시골에 짐을 풀었습니다. 복잡한 도시를 벗어나면 갈등의 인간관계에서 벗어날 수 있으리라 믿었습니다. 그랬는데 이삿짐 정리가 끝나기도 전에 누군가 문을 두드렸습니다.

가족관계가 궁금한 옆집 아주머니가 궁금증을 참지 못했던 것이지요. 무엇을 먹고 지내는지가 궁금한 앞집 할머니가 부엌문을 밀고 들어왔습니다. 예금 잔고殘高가 궁금한 반장이 음료수 캔을 들고 찾아왔습니다.

사람 사는 곳은 어디나 마찬가지였습니다. 내가 못 견뎌 도망쳐온 일들이 삶의 향기였던 것을 알게 되었지요.

문명비평가 에드가 모랭이 〈인간과 죽음〉에서 말했습니다.

"인간은 누구나 모든 것에 쓸모 있고
하찮은 것에 쓸모 있고
가장 일반적인 사랑에 열려 있고
우주의 모든 힘에 참여하고
모든 가능성과 가소성可塑性을 가진 소우주다."

뒤늦게 경쟁심과 미움까지도 인생이라는 그림이 완성되는데 필요한 물감 중 하나인 것을 알게 되었지요.

그날의 충격이 모든 사물과 사건이 존재의 향기임을 이해하는데 한 발짝 다가서게 했습니다.

찻잔, 리디아 메리 카사트 1844-1926 미국, 1879

정월 / 다섯
# 한 잔 차의 행복

버려야 할 신분을 스스로 버리고
그 신분으로부터 떠날 줄 아는 사람은
참으로 행복한 사람이다.
― 장 자크 루소

인생은 길 위의 나그네이지요. 바닷길을 열고 산길을 뚫으며 걷고 또 걷는 것이 인생이지요.

길은 시간이지요. 서양의 시간은 직선이고 동양의 시간은 원이라는 말이 있지요. 곧게 뻗은 직선이든 빙글빙글 도는 원이든 시간은 흘러갑니다. 그러기에 우리 앞에는 걸음을 멈출 수 없는 오늘이 있을 뿐이지요.

시간은 때로 지난날의 아쉬움과 뉘우침 앞에 우리를 내려놓고 사라집니다. 만남이 슬픔이 되었고 이별이 그리움이 되었던 일이 떠오릅니다.

누구에게나 아름다웠던 청춘과 열정에 불타올랐던 장년의 삶이 그리울 때가 있지요. 이때 과거에 발목이 잡히면 길을 잃고 헤매게 되지요.

시인 칼 샌드버그가 말했습니다.

"과거는 한 줌의 재다."

잡다한 과거의 기억을 한 줌 재로 날리리라 마음먹고 도착한 봉쇄수도원 피정避靜에서 그녀를 만났습니다.

목사의 딸로 음대를 나와 피아노학원 원장이었던 그녀가 가톨릭계 봉쇄수도원에 입회하려 했을 때 부모가 받은 충격이 얼마나 컸겠는지요.

"아버지의 반대가 가장 심했어요. 목사시잖아요. 자식 이기는 부모 없다 했던가요? 어렵게 아버지 승낙을 받아냈어요."

가족도 친구도 음악도 다 포기했는데, 한 가지를 포기하지 못해 입회를 미루고 있노라며 쓸쓸한 표정을 지었습니다.

정원에서 차 마시는 시간  필립 룸프 1821-1896 독일

"오늘처럼 창가에 앉아 한 잔 차를 마시며 누리는 이 자유로운 행복감을 포기하지 못해 어렵게 당도한 문 앞에서 머뭇거리고 있지요. 사소하고 하찮은 문제라 여기실 수도 있겠지요. 하지만 지금 제 심정은 착잡해요."

인간이 마지막까지 포기하지 못하는 것이 명예욕이라 했는데, 그녀의 마지막 욕망이 너무나 소박하여 가슴이 '찡'했습니다.

그녀는 그날 어떤 결정을 내리고 돌아갔을는지요.

한 잔 차의 향긋함. 그 향긋함은 자유 기쁨 평화 등 행복의 모든 조건이 녹아 있는 향긋함이지요. 그 향긋함을 누리기 위해서는 어디론가 흘러가다 계곡을 만나 자취 없이 흩어지는 물안개처럼 이름 없음의 자유라야 하지요.

그곳이 어디든, 봉쇄수도원 창가에서든 석양에 물든 정원에서든 우리는 한 잔 차의 향긋함을 누릴 수 있어야 합니다. 그 향긋함은 삶에서 입은 영혼의 상처를 치유할 수 있는 시간이기에 누구에게나 소중하고 필요하지요.

한 잔 차의 향기에서 누리는 행복은 모든 이에게 같은 무게로 주어지는 은총이지요.

은총은 부유와 가난을 차별하지 않지요. 은총은 남자와 여자, 젊음과 늙음도 차별하지 않지요.

하지만 은총은 받아들이는 사람의 감성에 따라 무게가 달라지지요. 마치 같은 크기의 사과를 들고 한 사람은 충만감으로 기뻐하는데 다른 한 사람은 모자람으로 얼굴빛이 창백해지는 것과 같은 이치이지요.

한 잔 차의 행복감을 앞에 하고 나는 오늘도 먼 산을 바라보며 기도합니다. 남은 여정 동안 이 향긋한 은총을 누리며 살 수 있기를.

누구를 위한다는 것이 자기만족을 위한 허세였던 적이 얼마나 많았던지요. 사명감 책임감 인간적. 이런 말에 지나치게 의미를 부여하면 영혼을 속박하게 되지요.

우리는 무엇이 되어야 한다는 강박감에서 해방되어야 비로소 한 잔 차의 행복을 누릴 수 있습니다. 그때 비로소 시간의 울타리 너머에서 들려오는 영원의 노래를 들을 수 있지요.

삶은 그냥
우주의 신비에 대한
환희라야 하지요

삶은 그냥
영원을 그리워하는
목마름이라야 하지요.

# 이월 二月

한 벌 옷의 자유를 택했으니
그대 삶이 극락인 것을
두 벌 옷의 욕망을 택했으니
내 삶이 갈등인 것을
행복은 무위무욕無爲無慾의
푸른 춤인 것을.

코사지를 만드는 꽃집 소녀 | 빅토르 가브리엘 질베르 1847-1933 프랑스

이월 / 하나

# 가난한 마음

가난한 사람은 부유한 사람보다
훨씬 자주 구김살 없이 웃는다.
— 루시우스 세네카

갈잎 서걱대는 소리가 유난히 크게 들립니다. 지난해 가을 떨어져 아직도 삭지 못한 저 갈잎이 흙이 되고 물이 되기까지는 얼마나 걸릴까요? 내가 갈등하고 분노하고 사랑할 시간은 또 얼마나 남았을까요?

육체는 영혼의 옷이라 하지요. 영혼이 낡아진 옷, 육체를 벗어두고 떠날 때, 뒤돌아보지 않고 가벼운 걸음으로 떠나려면 어떻게 살아야 할는지요?

법구경 구절이 떠오릅니다.


나무를 쳐라. 치기를 쉬지 마라.
나무는 모든 악을 나게 하나니
나무를 베어 뿌리까지 다하면
비구들이여, 그대는 해탈하리라.


세상 번뇌에서 벗어나기 위해 뿌리까지 뽑아내야 할 이 나무 이름이 무엇인지 아시나요? '욕망'이라는 이름의 나무이지요.

우리가 감히 욕망의 뿌리까지야 제거할 수 있겠는지요. 그럴지라도 가지치기는 멈추지 말아야겠지요.

현대인은 가지치기를 멈추고 말았습니다. 행복의 조건을 소유에 두면서 가지면 가질수록 더 커지는 모자람에, 마시면 마실수록 더 깊어지는 목마름에 시달리고 있지요.

거리에 지천인 물건들이 유혹합니다.

"가져! 가지라니까."

단순함의 아름다움으로 살고 싶은데 세상이 가만히 두지를 않습니다.

쉬지 않고 욕망의 가지를 쳐낸 사람을 한마디로 표현한 말이 없을까? 두리번거리다 마침내 찾았습니다.

'마음이 가난한 사람.'

가난한 마음은 소박한 마음이지요. 일등의 자리를 빼앗겨도 아쉬워하지 않고 원하는 것을 얻지 못해도 낙담하지 않지요.

가난한 마음은 기다리는 마음이지요. 나뭇가지에 물오르는 봄날 씨앗을 뿌리고 가을을 기다리지요.

가난한 마음은 평화로운 마음이지요. 곳간에 재물이 가득해도 얼굴에 그늘이 진 사람이 있습니다. 가진 것을 지키느라 평화를 잃어버린 것이지요.

정의의 이름으로 횃불을 들었어도 피투성이가 되어 뒤안길로 사라지는 사람이 있습니다. 욕망의 끈을 놓아야 할 때 놓지 못해서지요. 이처럼 불행 뒤에는 욕망이 숨어 춤을 추고 있지요.

교수직을 던지고 사막으로 잠적한 까를로 까레또가 말합니다.

"청빈은 이탈이며 자유이며 진리다."

달빛을 받아 겨울나무 그림자가 창문에 어른거립니다. 바람을 타고 계곡을 건너 절집에서 들려오는 맑은 어고魚鼓 소리. 모자람을 서러워하며 고향을 떠난 후 소식 없는 친구와 저 맑은 소리를 함께 듣고 싶습니다.

이월 / 둘

# 망가진 유산

인간을 존중한다는 것은
결코 누구도 포기하지 않는다는 의미다.
— 아비샤이 마갈렛

**갇힌 봄** 아서 해커 1858-1919 영국, 1911

아직도 차가운 바람이 헐벗은 나뭇가지를 흔드는 이른 아침. 뜰에 서면 금방 꽃잎을 터뜨릴 듯 수줍은 미소를 머금고 있는 목련 꽃망울을 만나게 됩니다.

엄동설한 속에서 꿈을 키워온 목련 꽃망울에서 기다림의 위대함을, 생명의 강인함을 봅니다.

청춘의 모습 또한 이런 아름다움이지요.

청춘의 열정은 인류의 축복입니다. 황무지를 옥토로 일구는 청춘의 열정이 없었다면 역사는 중세에 머물러 있었을 테지요. 청춘의 도전이 없었다면 세상은 이기적인 어른들의 놀이터가 되어 망가졌을 테지요.

청춘은 정의를 위해 목숨을 던지며 사랑을 향해 달려가기를 주저하지 않으며 이웃의 아픔을 외면하지 않지요. 청춘의 열정은 역사를 달리게 하는 윤활유潤滑油에 해당하지요.

이월은 아름다운 청춘들이 졸업장을 손에 들고 상아탑을 떠나 세상으로 나오는 계절입니다. 그러나 오늘 한 젊은이가 던진 말이 나를 슬프게 합니다.

"이민이나 가버릴까 해요."

지구촌 시대에 조국을 고집하는 삶만이 아름다운 것은 아니지요. 중동의 모래바람 속에서든, 눈보라 휘몰아치는 북쪽 낯선 마을에서든 삶의 열정을 불태울 수 있다면 그곳이 어디든 무슨 상관이겠는지요.

낯선 곳에 대한 두려움으로 탄식의 뒷자락에 숨어 있기보다는 청춘의 꿈을 꽃피울 수 있다면 그곳이 어디든 무슨 문제가 되겠는지요.

'가버릴까 한다'라는 말의 쓸쓸한 여운이 오래도록 지워지지 않아 묻게 됩니다. 젊은이들이 날쌔게 달릴 언덕은 남겨둔 것인지요? 젊은이들이 꿈을 싣고 항해할 돛단배는 남겨둔 것인지요?

발전과 개발이라는 이름으로 강줄기를 막아 젊은이들의 꿈을 산산 조각낸 것은 아닌지 두려워집니다.

총을 들고 쳐들어온 백인들이 무자비하게 원시림을 베어내고, 금광을 찾느라 산을 동강 내는 것을 보고 북미 대륙의 어느 원주민이 탄식한 말입니다.

"지금 우리는 우리 자녀들이 경작할 땅과 그들이 마실 물과 대기와 바람을 빌려 쓰고 있다. 그러므로 우리가 그들의 자산을 탕진해서는 안 된다."

그렇습니다. 우리는 빌려 쓰는 자의 미안함을 잊은 지 오래입니다. 높은 굴뚝이 뿜어내는 검은 연기와 잘라낸 산허리에서 비만 오면 쏟아지는 흙더미가 내일 젊은이들에게 필요한 공기와 대지를 망가뜨리고 있지요.

"땅속에서 잠자고 있는 씨앗은 모두 빛을 기다린다."

위의 금언金言이 말하듯 젊은이는 꽃이고 열매이기를 꿈꾸며 봄비를 기다리는 씨앗, 미래의 희망이지요.

거울 앞에서 머리를 매만지는 여인  페르낭 투생 1873-1956 벨기에

이월 / 셋

# 한 벌 옷의 자유

갖고 싶은 마음이 없이 즐기는 사람은
모든 것을 다 가진 듯이 즐기지만
갖고 싶은 마음으로 사물을 보는 사람은
모든 것을 두루 즐길 수 없다.
— 십자가의 성 요한

**유행을 연구하는 여섯 명**  피에르 뵐레즈 1851-1939 프랑스

꽃무늬, 체크무늬 등 형형색색 옷들이 즐비한 옷집에서 어느 것을 골라야 할지를 몰라 망설인 적이 있었지요. 이제 이 이야기는 어른들만의 이야기가 아닌 시대가 되었습니다.

조카가 소학교에 입학한 아이를 데리고 왔습니다. 예쁜 신발 하나 사 주고 싶었습니다. 수십 종류가 즐비한 가게에서 이리저리 살피더니 살 것이 없다며 돌아섭니다. 친구가 신은 명품 운동화가 없었던 것이지요.

다양함 속의 갈등과 풍성함 속의 궁핍감. 다양함과 풍성함이 오히려 현대인을 불행하게 한다는 사실을 알게 되었지요.

독일 신비주의 사상가 마이스트 에크하르트가 한 말이 가슴을 때렸습니다.

"많이 가지면 그만큼 소유하는 것이 적다."

우리의 어린 시절 이야기가 젊은이들에게 무슨 재미가 있으랴만, 우리는 그랬습니다. 명절날 아침, 머리맡에 놓인 하얀 운동화를 안고 기뻐하며 빙글빙글 돌았지요.

이 가게 저 가게 기웃거리는 수고가 필요 없었지요. 디자인과 색깔을 놓고 고민할 일은 더더구나 없었지요.

그 시절 세상살이 고민은 요즘처럼 복잡하지 않았지요. 탈곡기가 없어도 옆집을 시샘하지 않았지요. 필요할 때 빌려 쓰고 돌려주면 되었으니까요.

그 시절에는 없는 것이 절망이 되어 세상을 향해 주먹질하는 사람이 지금처럼 많지 않았지요. 못 배운 것이 한恨은 되어도 흉이 되지는 않았지요.

거울을 들고 뒷모습을 보는 여인  루이 베르위 1832-1882 벨기에

외출복이 두 벌인 내가 외출복이 한 벌인 비구니보다 몇 배나 더한 빈곤감에 빠집니다

'오늘은 무얼 입을까?'

입었다 벗었다가를 반복합니다. 이때 느끼는 빈곤감은 사치스러운 고민이지요.

가볍게 산을 오르는 비구니의 뒷모습은 아름답습니다. 괴나리봇짐의 가벼움으로 아름다운 것이지요. 하얀 벨을 쓰고 언덕을 오르는 수녀님 모습도 아름답습니다. 그들의 모습에서 느끼는 경이로움은 두 벌 옷의 유혹을 물리치고 한 벌 옷의 자유를 택한 결단의 힘에서 나오는 것이지요.

정신치료사 앤소니 드 멜로가 〈깨어나십시오〉에서 말합니다.

"세상이라 부르는 것에 빠지면 자기 영혼을 잃게 된다.
세상은 얻겠지만 영혼을 잃게 되는 것이다."

한 벌 옷의 자유를 택했으니
그대 삶이 극락인 것을
두 벌 옷의 욕망을 택했으니
내 삶이 갈등인 것을

행복은
무위무욕無爲無慾의 푸른 춤인 것을.

이월 / 넷

# 융단 무늬의 꽃잎 하나로

인생은 비슷함과 다름으로 가득 차 있다.
그러나 다름이 지나치게 크면
서로의 관계를 불편하고 어렵게 만들 수 있다.
— 헬렌 니어링

입춘도 지났는데 잡목 숲으로 덮인 앞산이 밤사이 내린 눈으로 한 폭의 동양화입니다. 눈 덮인 산야에 피어오르는 안개가 아득한 고향 그리움에 젖게 합니다.

질경이의 새싹이 눈송이의 무게를 이기지 못해 고개를 숙이던 용두산 오솔길, 봄날 부풀어 오르던 텃밭의 부드러운 감촉, 황금 들녘에 내리던 가을 햇살. 아랑각 대숲에 앉아 남천 강물을 바라보던 날의 늦가을 빗소리.

'자연은 나날이 다른 모습으로 나타나 우리를 놀라게 하는 기적의 춤이구나.'

내게도 깨끗한 시선으로 자연을 바라보며 우주의 신비에 감탄한 시절이 있었습니다.

요란한 초인종 소리에 유년의 추억이 흩어졌습니다.


직장 후배가 들고 온 사연입니다. 결혼한 지 석 달 사이에 몇 차례 남편과 다투었다고 합니다. 외아들 하나 바라보고 청상과부로 평생을 버텨온 시어머니였으니 갓 시집온 며느리에게 선뜻 열쇠 꾸러미를 넘길 수 없었겠지요. 며느리는 며느리대로 미용비까지 타서 쓰는 생활이 답답했겠지요.

그녀는 단호합니다.

"경제권을 포기하는 것은 미래를 포기하는 거잖아요."

그 단호함에서 삶의 의지를 확인할 수 있어 안도했습니다.


그녀는 친정어머니와 시어머니를 비교하며 되풀이합니다.

"이해할 수 없어요."

우선 이 감정부터 누그러뜨려야겠지요.

거리에서　조지 클라우슨 1852-1944 영국, 1880

"저 창밖에 줄지어 선 은행나무가 크기와 모양이 다르다 하여 '이해할 수 없어'라고 말하는 사람은 없지 않니."

우리는 집을 나서는 순간 누군가를 만납니다. 기쁨보다는 불쾌감을 느낄 때가 많지요. 하지만 이 때문에 만남을 포기할 수는 없지요. 무인도에서 살 수 없는 것이 인생이니까요.

만일 모든 사람이 나와 같아야 한다면 자유 꿈 개성이라는 말은 이 세상에 얼굴을 내밀지도 못했겠지요. 그대라는 존재 또한 내게 사랑하고 용서할 감흥을 일으키지 못했을 테지요.

기계로 찍어낸 도자기 컵이 나열된 좌판 풍경의 무미건조함을 보는 것과 무엇이 다르겠는지요.

성 어거스틴의 혜안慧眼입니다.

"만물의 창조주이신 하느님은
같은 것이나 다른 것들을 조합하여
융단같이 아름다운 세계를 짜셨다.
그러나 전체를 바라볼 수 없는 자는
부분의 추한 꼴인 듯싶은 것 때문에
마음이 상할 것이다.
왜냐하면 그는 그것이 어디에 적합하며
어디에 속하는지를 모르기 때문이다."

성 어거스틴의 말에 따라 세상을 한 폭의 융단으로 바라보면 완고하고 이해심이 없는 시어머니가 융단 무늬의 풀잎 하나로 하늘거리고 있는 모습을 보게 될 것입니다.

젊은 세대가 지난 세대의 노동과 절약의 의미를 이해하지 못하면 과거와 현재는 단절되고 말지요

그녀가 창밖 가로수를 바라보며 깊은 생각에 잠깁니다. 침묵의 시간이 얼마나 흘러간 것일까요. 고운 노을이 서산을 붉게 물들이기 시작하더니 집으로 가야 할 시간을 알리는 저물녘 바람이 창을 흔듭니다.

그녀가 손을 흔들며 멀어져 갑니다. 그녀 뒷모습을 바라보고 있노라니 미처 전하지 못한 말이 떠올라 그녀에게 띄우려 엽서를 씁니다.


삶은 한 폭의 융단을 짜는 일이지요
만남이 기쁨의 씨줄이 되어
이별이 슬픔의 날줄이 되어
융단 무늬가 완성되지요

바람이 불고 천둥이 쳐도
내일은 햇빛 찬란하리니
삶은 쉬지 않고 물레를 돌려
금실 은실을 뽑아내는 일이지요.

그리워하다  로버트 레이드 1862-1929 미국

이월 / 다섯
## 이별도 아름답게

이별이 없다면 우리 삶은 그저
살아남는 것으로 제한될 것이다.
— 하인츠 가이슬러

**떠나다** 안나 스테이시 1865-1943 미국, 1907

아침을 깨우는 산새 합창이 요란합니다. 뜰에 내려서니 온다는 기별도 없이 봄을 알리는 바람이 불고 있습니다.

빈들을 가로지르고 재를 넘어 해남 땅끝마을에서 남한강 기슭까지 달려오는 데는 몇 날이나 걸렸을까요? 그리하여 산마루에 너울처럼 흐르는 아지랑이가 되고, 새벽 강에 안개로 피어오르기까지는 또 얼마나 오랜 기다림을 견딘 것일까요?

강 건너 북쪽 마을, 활엽수 가지 사이로 작별의 말도 없이 떠나는 겨울의 뒷모습을 바라봅니다.

첫눈 내리던 날의 환호에 대해, 얼어붙은 폭포의 절경에 대해, 달콤한 겨울잠의 배려에 대해 공로를 내세우지 않고 빈손으로 떠나는 겨울이 오늘따라 더없이 아름다워 보입니다.

떠나는 겨울을 바라보며 우리는 왜 축복의 손을 흔들며 이별할 수 없는지를 묻게 됩니다.

다름이 얼마나 깊었으면 헤어지기로 했겠는지요.

불만이 얼마나 쌓였으면 이별을 결심하게 되었겠는지요.

배신감이 얼마나 컸으면 떠나기로 했겠는지요.

하지만 사랑은 관심이라는 심리학자의 말을 기억해야겠지요. 미움도 불만도 원망도 사랑의 감정인 관심이 남아있다는 증거라는 것이지요.

이별을 결심했는지요? 그럼 아직도 사랑의 부스러기로 남아있는 감정의 응어리부터 깨끗이 정리해야지요. 두 사람의 감정이 하얀 백지상태가 되면 그때 비로소 서로의 앞날을 축복하며 이별할 수 있지요.

축복하며 헤어지려면 먼저 서로를 용서해야 하지요
축복하며 헤어지려면 먼저 지난 세월과 화해해야지요.
서로를 축복하며 헤어지면 거리에 오색 종이가 흩날리는 풍경과 다름없기에 주위의 모든 이들이 꽃잎을 뿌려주게 되지요.

사랑하는 사람을 저세상으로 떠나보냈는지요. 손을 잡은 시간이 있었으니 놓아야 할 시간 또한 있는 것이지요.
미국 시사주간지 〈타임〉이 20세기 100대 사상가 중 한 사람으로 선정한 엘리자베스 로스가 말했지요.

"더 이상의 관계가 필요치 않을 때,
관계 그 자체는 성공적으로 완성된 것이다."

그렇습니다. 이별이 최선이라면 그 만남은 완성된 것이지요. 죽음을 통한 이별은 더더욱 완성으로 보아야지요. 우리 계획보다 이별의 시간이 앞당겨졌을 뿐, 함께 영원이기를 바랄 수는 없는 일이지요.
겨울이 북한강 끝자락을 넘어서고 있습니다. 다가오는 봄에 자리를 내어주고 떠나는 겨울을 바라보며 모든 이별이 아름다운 이별이기를 꿈꾸어봅니다.

**푸른 장갑 상자가 있는 정물** 아르망 장 기요맹 1841-1927 프랑스, 1873

# 삼월 三月

사랑은
영혼과 영혼이 만나는
기쁨의 춤인 것을

사랑은
아낌없이 주기를 열망하는
아픔의 노래인 것을.

삼월 / 하나

# 사랑하라 그리고

사랑할 때는 자유가 있어야 하는데
이것은 다른 사람으로부터의 자유가 아니라
자기 자신으로부터의 자유를 말한다.
— 지두 크리슈나무르티

먼 산이 엷은 연두색을 풀어 놓은 듯, 백색 안개에 푸른 물감을 뿌린 듯 산과 들이 시시각각 변하고 있습니다.

아련한 것에 대한 기대감으로 가슴을 설레게 하는 봄을 알리는 바람이 일렁이니 태초의 평화가 너풀대는 곳으로 떠나고 싶습니다. 봄날 아지랑이 속을 선회하는 한 마리 종달새의 두려움 없는 자유이고 싶습니다.

누더기를 걸치고도 부끄럽지 않은 나라, 산 열매만으로도 포만감을 느끼는 나라, 잘잘못의 구별이 없는 나라. 사람의 손길이 닿은 적 없는 무위자연無爲自然의 나라가 그립습니다.

풀꽃처럼 순수했던 소녀 시절의 평화가 그립습니다. 첫째와 꼴찌의 구별이 없었던 시절, 기쁨과 슬픔의 차이를 몰랐던 그 시절이 그립습니다.

기뻐 손뼉을 치면 천박하다 합니다. 침묵을 즐기면 거만하다 합니다. 세상이 우리에게 슬퍼도 기쁜 척, 싫어도 좋은 척하라고 다그칩니다.

운동권의 깃발을 접고 돌아온 장년의 귀향, 생명의 본질에 대한 사랑과 우주의 신비에 대한 깨달음은 변절이라는 이름으로 몰아세웁니다. 미지의 세계를 꿈꾸며 출항을 서두르는 젊은이의 열정은 무모하다며 꾸짖습니다.

우리는 자유를 잃었습니다. 장자莊子의 말을 빌리면 성인군자가 나타나 인의도덕仁義道德을 세운 때부터였습니다.

판단할 자격이 없는 자들이 우리를 판단하면서 편 가름의 비극이 시작된 것이지요. 군주의 이름으로, 율법의 이름으로 전쟁놀이가 시작된 것이지요.

**공원에 맹세하다** 휴고 살릅슨 1843-1893 스웨덴

인간의 행위를 이분법으로 판단해서는 안 되지요. 정의롭다는 자의 옷섶 아래 배신의 상처가 숨어 있기도 하지요. 패륜아에게도 어머니 그리움으로 잠 못 이루는 밤이 있지요.

오래전 일이 생각납니다. 두 아이의 어머니인 그녀가 사랑의 불꽃 속으로 뛰어들었습니다. 그녀의 시적詩的 감성이 음악을 만나 사랑으로 타올랐던 것이지요.

그때 나는 반대했지요. 풋사랑은 생명이 짧아 곧 사라지리라며 말렸지요. 어머니를 그리워하며 자라야 할 아이들의 아픔을 생각하라고도 했지요.

타오르는 그녀의 사랑에 결국은 두 손을 들고 말았습니다. 문득 내가 사랑에 고문을 가하고 있는지도 모른다는 생각이 들었지요. 평생 지워지지 않을 그리움을 안고 살아가라고 강요하고 있는지도 모른다는 생각이 들어 두려웠지요.

그때 아우구스티누스 성인을 만났습니다.

"하느님을 사랑하라. 그리고 네가 하고 싶은 대로 하라."

하느님을 사랑하는 삶은 기쁨만이 아니라 슬픔까지도 받아들이는 삶이지요. 그런 후 가고 싶은 길로 가도 하느님께서 웃으시리라는 뜻이지요. 하고 싶은 대로 할 수 있으려면 세상이 요구하는 책임까지도 넘어서는 사랑의 경지에 이르러야겠지요

그때 그녀 사랑이 이 경지의 사랑이었는지 알 길 없었지만, 사랑은 율법이나 규범을 뛰어넘는 자유라야 한다는 생각에 그녀를 떠나보냈습니다.

사랑은 한여름 소나기가 목마른 풀잎의 갈증을 풀어주고는 보상도 바라지 않고 기뻐하는 마음이지요.

  사랑은 바람이 민들레 꽃씨를 우리 집 뜰에 내려놓고는 품삯도 받지 않고 사라지며 기뻐하는 마음이지요. 남김없이 아낌없이 주려는 마음, 어머니 마음이지요.

  사랑은 가장 어두운 밤에 가장 빛나는 보석이지요.

  사랑은 영혼과 영혼이 만나는
  기쁨의 춤인 것을

  사랑은 아낌없이 주기를 열망하는
  아픔의 노래인 것을

  가진 것 모두 버리기로 했던 그녀는
  그때 얼마나 아팠으랴.

**거울 앞에서** 알프레드 에밀 스테방스 1823-1906 벨기에, 1872

삼월 / 둘
# 세 가지 질문

이 세계는
신비로움으로 가득 차 있으며
인간의 모든 과학적 탐구에도 불구하고
여전히 신비로움을 간직하고 있다.
– 존 브룸필드

은퇴 후 가평 첫 자락 대성리 산기슭에 둥지를 틀었습니다. 주말이면 벗들이 찾아왔습니다. 헤어질 시간이 다가오면 세 가지 질문을 쏟아냅니다.

"외롭지 않니?"

"무섭지는 않고?"

"아프면 어쎄니?"

나는 그냥 웃습니다. 그들이 걱정하는 것이 산촌의 고요임을 알기 때문이지요.


외롭지 않냐고 물으십니까?

외로움은 장소에 있는 것이 아니라, 생각에 달렸지요. 자연도 기뻐하고 춤춘다는 사실을, 자연도 그리워하고 목말라 한다는 사실을 도시인들은 알지 못합니다.

가지치기를 기다리는 포도덩굴, 분가를 원하는 부추 포기, 가을을 기다리는 꽃사과 풋열매, 바람에 서걱대는 수숫대 노래.

자연이 인간을 위해 춤을 추고 인간이 자연과 정겨운 대화를 나누는 곳. 이곳에서는 외로울 시간이 없습니다. 도시인이 상상할 수 없는 행복한 만남이 나날이 이뤄지고 있지요.

가장 외로울 때는 언제이겠는지요?

아무도 자기를 기억해주지 않을 때이지요. 그때 군중 속 외로움과 싸우다 우울의 늪에 빠지게 되지요.


무섭지 않냐고 물으십니까?

무서운 것은 상황이 아니라 상상이지요. 내가 무서워하는 것은 나날이 일어나는 도시의 비정한 사건을 바라볼 때지요.

한밤 우물가 앵두나무가 뒤척이는 소리는 먹이를 찾는 고양이의 탐색전임을 알기에 무섭지 않지요. 창문을 흔들며 빈들을 가로지르는 광풍은 자기 정화를 위해 자연이 벌이는 한바탕 춤이지요. 곧 멈추리라는 것을 알기에 무섭지 않지요.

적막한 가을밤 양철지붕 위에 떨어지는 밤송이의 둔탁한 소리를 들으며 생명은 순환이고 순명順命임을 알게 되지요. 설익은 채 떨어지는 밤송이는 남은 밤송이가 더 튼실하게 영글기를 바라며 자기 몫의 양분을 넘겨주고 떨어지는 것이지요.

아프면 어쩌냐고 물으십니까?

죽음은 이 세상 삶의 완성이지요. 생애가 다하지 않았다면 구급차에 실려 응급실에 도착할 시간을, 다시 깨어나 자연을 사랑할 시간을 그분이 허락하실 것입니다.

어느 날 파밭에 주저앉아 감은 눈을 뜨지 못한다 해도 두려워할 일이 아니지요.

우리가 찬사를 아끼지 않는 모든 예술의 목적은 자연의 아름다움을 표현하기 위한 절규라 해도 과언이 아니지요. 자연은 내 자만심을 흔들어 미망迷妄에서 깨어나게 했습니다. 풀밭에 내리던 밤안개가 말했지요.

"씨앗을 뿌리고 과일을 수확하노라면 도시에서 입은 상처가 씻은 듯 사라질 거야."

정말 그랬습니다. 도시인이 보기에는 농촌 일이 지루하고 무미건조해 보이지만 도라지 씨를 뿌리고 디딤돌 옆에 채송화를 옮겨심는 순간 도시에서 입은 아픔이 사라졌습니다.

마지막 시간에 돌아가야 할 고향이 어디인지를 일깨워준 자연은 내 생애 최고의 스승이었습니다.

봄날 아침, 계곡에 피어오르는 물안개 속에 서서히 얼굴을 드러내는 산촌 풍경을 바라본 적이 있는지요. 그처럼 음악적이고 회화적이며 율동적인 것을 동시에 표현한 예술가가 있었던지요.

스위스 내과 의사 폴 토우르니에가 〈삶에는 뜻이 있다〉에서 말했지요.

"자연 속에는 무한한 풍요가 있고
거기서 사는 인류 안에도 무한한 풍요가 있다."

큰 잠자리  엘렌 헤일 1855-1940 미국

삼월 / 셋
## 나를 슬프게 하는 것

성실하지만 우둔하기 짝이 없는
열 마리의 양이 양 떼를 모는 것보다는
한 명의 훌륭한 목동이
양 떼의 생명을 지킬 수 있다.
— 앙리 아미엘

**앨범** 윌리엄 팩스턴 1868-1941 미국, 1913

초기 그리스도인이 원형경기장에서 굶주린 맹수의 먹이로 사라지는 영화 〈쿼바디스〉의 장면이 나를 슬프게 합니다.

코뼈가 부러지고 얼굴이 피범벅인 데도 "더 힘껏. 더 세게"를 외치는 권투경기장의 소란이 거리에까지 흘러나올 때면 〈쿼바디스〉의 장면이 떠올라 슬퍼집니다.

군중이라는 이름 뒤에 숨어 뿜어내는 인간의 감정이 이토록 잔인할 수 있다니. 어찌 슬프지 않겠는지요.

꽃꽂이 전시장에서도 서둘러 발길을 돌립니다. 아름답다는 느낌보다는 철사에 묶인 꽃들의 비명이 들려서입니다. 꽃의 아름다움을 가까이 두고 싶다면 그냥 한 아름 풍성하게 꽂아 감동의 시선으로 바라보아야 하는 것이 아닐는지요.

가족의 동반자살을 알리는 뉴스 또한 나를 슬프게 합니다. 청빈 정신은 인간의 품격을 높여주는 소중히 여겨야 할 자산이라 하지요. 또 다른 부분의 가난은 극복해야 할 비참이라 하는데, 이 둘의 경계가 어느 지점인지를 몰라 슬픈 것이지요.

연못에 빠진 내 이름을 부르며 울던 소년 이름이 생각나지 않을 때 알 수 없는 슬픔이 밀려옵니다.

사랑한다는 말을 아끼다 헤어진 사람의 부고 소식을 신문에서 읽게 될 때 슬픔에 목이 잠기지 않을 사람이 있겠는지요.

전쟁의 포화 속에서 낱알을 찾는 중동의 어린이와 아프리카 난민의 여윈 모습을 볼 때마다 내 슬픔은 분노로 변합니다. 권력에 눈먼 자 때문에 백성이 아사자가 되는 일. 이런 어처구니없는 일이 21세기 대낮에 자행되고 있다니요.

이러한데도 '안 됩니다'라는 한마디를 목숨 걸어 말하는 의인이 없다는 사실이 나를 얼마나 슬프게 하는지요.

인권운동가 루터 킹 목사가 말했지요.

"이 시대에 우리는
악인의 가증스러운 말과 행위뿐만 아니라
선인善人의 소름 끼치는 침묵도
참회하지 않으면 안 된다."

선지자의 말은 개혁의 북소리가 되고 혁명의 불꽃이 되지만 무명인의 말은 저잣거리의 소음으로 사라집니다. 이 때문에 시대를 이끌어야 할 사람이 침묵하면 민중은 불행합니다.

말이란 무엇입니까?

잠든 혼을 깨우는 기상나팔이지요
쓰러진 밀밭을 일으키는 광풍이지요
정의를 지키는 칼이지요.
빼앗긴 자유를 되찾는 깃발이지요

말해야 할 사람이 침묵하니
오늘도 거리에는 바람이 불고
슬픔이 주룩주룩 비가 되어 내리지요.

**꽃을 바라보는 여인** 아비드 니홀름 1866-1927 스웨덴계 미국 화가

삼월 / 넷

# 화가 나는 이유

부패가 있다면
우리가 좋지 않은 상전을
뽑았기 때문이다.
— 업텐 싱클레어

봄비가 내립니다. 강에도 들에도 내립니다. 이 비가 진종일 내려도 지금처럼 부슬비로 내리면 겨우내 쌓인 지붕 위 먼지를 씻어내리기는 역부족이지요.

이러하니 켜켜이 쌓인 내 가슴속 분노가 씻어내리기를 기다리는 일은 헛수고일 테지요.

그렇습니다. 기대를 접고 그냥 봄을 찬미해야 하는데 그러지를 못해 너무 화가 납니다. 흘러간 유행가나 부르며 "인생은 다 그런 거야"라며 체념해야 하는데 마치 비겁한 불평분자처럼 중얼거리고 있는 내게 화가 나는 것이지요.

우정을 팔아 권력의 끝자리로 옮긴 그대는 지금 행복한지? 아름다운 산하山河와 수많은 생명을 잿더미로 만드는 세계 전쟁광은 지금 어떤 심정인지를 알 수 없어 너무 화가 납니다.

프랑스 사상가 파스칼이 말했습니다.

"육체적 절름발이는 우리를 화나게 하지 않는데
정신적 절름발이는 왜 우리를 화나게 할까?"

파스칼이 덧붙여 말합니다.

"육체적 절름발이는 우리가 똑바로 걷고 있음을 인정하는데 정신적 절름발이는 우리가 꼭 절뚝거리고 있는 것처럼 얘기하기 때문이다. 그렇지 않다면 우리는 그들을 동정하되 화를 내지는 않을 것이다."

파스칼의 말처럼 나는 지금 육신은 멀쩡한데 정신적으로 절뚝거리고 있는 내게 화가나 견딜 수가 없습니다.

정치인들이 자신의 이익을 위해 법 조항을 찢고 꿰매고를 반복하고 있는데도 각종 고지서를 들고 걱정하는 소작인 근성의 내게 화가 나는 것이지요.

저들의 공약은 언제나 허탈감만 안겼는데, 나의 행복을 저들 손에 맡겨둔 채 속수무책인 내게 화가 나는 것이지요.

프랑수아 를로르가 〈꾸뻬씨의 행복〉에서 말했지요.

"좋지 못한 사람에 의해 통치되는 나라에서는
행복한 삶을 살기가 어렵다."

지도자 한 사람의 판단에 민족의 미래가 비틀거리는 현실, 한 나라 독재자의 오만에 세계가 휘청거리는 현실을 바라볼 수밖에 없는 나의 처지가 견딜 수 없어 너무 화가 납니다.

친구의 코뼈를 부러뜨린 청년의 혈기는 뉘우치는 반성문 한 장이면 갚아집니다. 하지만 권력의 경계선에서 변신을 거듭해온 지식인은 그를 향해 쏟아지는 노여움의 화살을 받을 각오가 되어 있어야 합니다. 공인公人과 시민 사이에는 이처럼 엄청난 갚음의 차이가 있지요.

어제 굳은 비 맞으며 정의의 깃발을 들었던 그대가 오늘 권력의 시녀가 된 모습을 바라보는 것을 견딜 수 없어 나는 지금 너무 화가 납니다.

모네 정원의 릴리  시어도어 버틀러 1861-1936 미국, 1911

삼월 / 다섯
# 만남 그리고 은총

삶에서 만나는 모든 것은 우리 행동의 결과다.
따라서 우리는
행동의 주인이 됨으로써 운명의 주인이 된다.
— 고엔카

봄은 꽃의 계절입니다. 산수유 목련 개나리가 흐드러진 돌담 길을 돌아 초록 옷을 입기 시작한 산길을 오릅니다.

맑은 잎을 흔들며 숲속 습한 바람과 이야기꽃을 피우고 있는 한 포기 연초록 원추리가 나를 반깁니다.

이 음지에서 혹한의 겨울을 어떻게 이겨낸 것일까? 여린 생명 의 강인함 앞에서 발길이 떨어지지 않습니다. 이 야생초처럼 살 다 간 스코트 니어링의 삶이 떠오릅니다.

산업주의 체제와 정치의 폭력성, 물신주의物神主義의 해악에 생 애를 던져 도전한 20세기 미국의 지성 스코트 니어링. 두 번이 나 대학 강단에서 쫓겨난 후 버몬트 숲에 농장을 일구고 손수 흙집을 지은 스코트 니어링.

그가 토해낸 50여 권의 저술과 수없이 행한 강연이 유언이 되 어 오늘도 우리 귓전을 때립니다. 그가 말합니다.

"전쟁이란 문명국가들이 조직적으로 저지르는
파괴이며 대량 학살이자
제국주의 국가들의 힘겨루기다."

폭격에 무너진 아름다운 다뉴브강, 코소보 난민들의 피난 행 렬과 아프리카 어린이들의 눈물 젖은 배고픔을 보며 평화주의자 스코트 니어링이 더욱 그리워집니다.

율법과 기도 방법이 다른 것이 침략의 이유가 될 수는 없지 요. 민족의 삶을 결속시켜온 신앙을 무력武力으로 억압하는 것은 죄악이지요.

기독교인만 구원하는 하느님은 편협한 교조주의가 만들어낸 하느님이지요.

스코트 니어링이 말합니다.

"군중보다 한 발짝 앞으로 나가면 지도자가 된다.
두 발짝 앞서면 방해꾼이 된다.
세 발짝 나가면 미친 사람으로 의심을 받는다."

그는 언제나 군중보다 앞서 걸으며 미친 사람이 되기를 주저하지 않았습니다.

신은 그를 버려두지 않았지요. 드높은 이상에 자신을 던지고 싶었던 스물한 살 연하의 헬렌이 그의 영혼에 매료된 일, 그가 백수를 누리고 떠나는 마지막까지 그를 지킨 헬렌과의 만남. 이 만남이 과연 우연이었겠는지요.

이 말을 한 이가 누구였을까요?

"인간에게는 우연인 것이 신에게는 의도적인 섭리다."

그렇습니다. 살아가며 만나는 모든 만남이 우주의 섭리에서 비롯된 은총임을 알게 되면 우리 삶은 많이 달라질 것입니다.

# 사월 四月

갈매기의 비상이 아름다운 것은

열일곱 소녀의 웃음이 아름다운 것은

후미진 시골길에서 만나는

낡은 종각鐘閣이 아름다운 것은….

사월 / 하나

# 풀씨 하나

아름다움은 진리요, 진리는 곧 아름다움이다.
그것이 지상에서 그대들이 알고 있는 모든 것,
또 그대들이 알아야 할 모든 것이다.
— 존 키츠

풀씨 하나가 돌계단 사이에 떨어졌나 봅니다. 돌 틈을 비집고 올라오는 잡초를 뽑으려면 잎만 잘렸습니다. 한 포기 잎이 잘린 후면 두 포기 잎이 고개를 내밀며 푸름을 자랑했습니다.

잎은 잘릴 때마다 내 의도를 완강하게 거부하며 생명의 열망을 불태웠습니다. 잡초를 바라보며 감탄했지요.

'시련은 초목에도 생명의 촉매제가 되는구나, 잡초일수록 더욱 강인하구나!'

여러 날 북한강을 휘돌아온 나는 넋을 잃은 채 돌계단 아래서 걸음을 멈췄습니다. 꺾이고 잘리면서도 끈질기게 고개를 내밀던 잎들 위로 석양을 받아 하늘거리는 노란 꽃.

민들레였습니다.

잡초인 줄 알고 한사코 뽑아내려 했던 것이 세상 아름다움을 위해 피어나려던 민들레의 꿈이었던 것이지요. 나의 성급함, 인간들의 성급함이 이 순간에도 얼마나 많이 자연의 아름다움을 망가뜨리고 있을는지요.

민들레의 해맑은 아름다움이 나를 부끄럽게 합니다.

이 부끄러움은 때 묻은 영혼이 순수한 영혼 앞에서 느끼는 우수憂愁 같은 것, 늙은 압제자가 젊음 앞에서 느끼는 좌절 같은 것, 탐욕스러운 자가 모든 것을 포기한 사람 앞에서 느끼는 절망 같은 것이지요.

노랗게 웃고 있는 민들레에게 물었습니다.

"너의 아름다움은 어디서 오는 거니?"

민들레가 대답했습니다.

봄꽃 블라호 부코바츠 1855-1922 크로아티아, 1898

"그냥 내 자리에서 웃고 있을 뿐인데요."

지금까지는 몰랐습니다. 자기 자리에서 웃고 있는 것이 존재의 아름다움인 것을.

갈매기의 비상飛翔이 아름다운 것은
열일곱 소녀의 투명한 웃음이 아름다운 것은
후미진 시골길의 낡은 종탑이 아름다운 것은
모든 아름다움이 자기 자리에서 웃고 있는 것이었습니다.

웃음은 사랑의 미소이지요. 사랑은 삶에 대한 열정이지요. 열정은 아낌없이 주려는 마음이지요.

우리는 어떠한지요? 하나를 주고는 두 배, 세 배가 돌아오기를 바라니 비애를 느끼게 되지요.

살아오면서 나는 얼마나 많이 웃었을까? 민들레가 위로합니다.

"잠든 아기의 얼굴을 보며 생명의 신비에 감탄하고 있다면, 마른 꽃밭에 비가 되고 있다면 그대는 지금 세상 아름다움을 위해 웃고 있는 것이지요."

장 기통이 〈나의 철학 유언〉에서 말했습니다.

"아름다움은 우리에게 생기를 준다.
그것은 우리에게 살고 싶은 감정을 준다.
아름다움이 없다면 우리 인생은 먼지와 재일뿐이다."

밀짚모자를 쓴 젊은 여인  베르트 모리조 1841-1895 프랑스, 1884

사월 / 둘

# 솟을대문

오늘날
우리 자신에 대한 우리의 의무는
인간답게 살만한 장소를 재창조하는 것이다.
— 오귀스탱 베르크

가끔 서울을 다녀올 때마다 놀라곤 합니다. 창문을 맞대고 늘어선 잠실의 아파트 단지와 테헤란로의 거대한 빌딩 숲과 숨을 헐떡이며 고개를 오르는 승용차 물결. 이 복잡한 서울을 이끌어가는 행정력에 감탄하게 되지요.

성수대교가 무너지고 가스탱크가 폭발한 것도 어쩌면 짧은 팔의 서울이 너무 많은 것을 안고 있는 데서 오는 것은 아닐까 의심할 때가 있습니다.

천만 시민이 뿜어내는 열기와 자동차 행렬이 질러대는 소음, 매연에 찌든 가로수와 습작용 간판들. 서울을 바라볼 때마다 프랑스 계몽사상가 루소의 말이 떠오릅니다.

"대도시로부터 물러가는 사람은
거기서 물러난 것만으로도 유익한 일을 한 셈이다.
왜냐하면 대도시의 악덕은
모두 너무 인구가 많은 데서 오기 때문이다."

그렇습니다. 서울을 떠나는 사람이 백만 명만 되어도 서울은 살만한 도시가 되고 시골은 살고 싶은 고향이 될 것입니다. 하지만 오늘도 서울은 만원입니다. 은퇴한 교육자도, 농업대학 졸업생도 서울을 고집합니다. 떠날 수 없는 이유야 있겠지만 익숙한 것에 대한 미련 때문인 경우가 많을 것입니다.

아이들 교육 때문에 가족을 읍내로 보내고 혼자 시골집을 지키는 면사무소 계장. 주말에나 아이들 손 한번 잡아보는 그의 스산한 삶을 바라보며 알게 됩니다. 체육관을 짓는 일, 그런 일만으로는 안 된다는 것을.

**가시를 뽑다**  제임스 헤일라 1829-1920 영국

일흔의 할아버지가 설렁한 밥상 앞에 혼자 앉아있는 모습을 보며 알게 됩니다. 지붕을 개량하고 길을 포장하는 일만으로는 안 된다는 것을.

시대를 앞서 달리는 젊은이들이, 창조적 자유혼인 예술가들이 고향을 찾는 일. 그런 일이 일어나야 한다는 것을.


우리는 오늘도 꿈을 꿉니다.
별빛 영롱한 봄밤 냇가에서 시낭송회가 열리는 고향
목련꽃 지는 날 읍내 찻집에서 음악회가 열리는 고향
동구 앞에 어린이놀이터가 세워지는 고향
은퇴한 스승의 초막에 제자들 발길이 붐비는 고향
생명의 춤이 너풀대는 고향을.


무너진 돌담
텅 빈 외양간
봄꽃이 만발인데 고향은 삭막합니다


그대가 종갓집 솟을대문으로 설 때
문설주 하나로 못 박히는 기쁨
우리는 지금
그날이 오기를 기다리고 있습니다.

정원사의 딸   조지 던롭 레슬리 1835-1921 영국, 1876

사월 / 셋

# 나의 그분은

참 종교적인 신앙은 사원에 세워진
탑의 장식과는 아무런 관계가 없다.
— 루시우스 세네카

꽃들을 시샘하듯 봄비가 내립니다. 회색 콘크리트 벽에 붙은 벽보가 비에 젖고 있습니다. 강 건너 교회에서 부활절을 앞두고 부흥회를 알리며 붙인 벽보입니다. 비에 젖은 활자들을 읽노라니 묻어 두었던 질문이 물안개처럼 피어오릅니다.

지금 우리에게 중요한 것이 무엇인지요. 이 세상 삶인지요, 죽음 후 저세상 일인지요? 탐욕에서 우리를 건져 창조주의 자녀답게 살게 하려 종교가 필요한 것이 아니었는지요?

하느님은 우리 죄를 낱낱이 기억하는 두려운 분인지요?

당신을 사랑하는 사람에게만 문을 열어주는 인색한 분인지요?

무신론자의 구원을 거절하는 편협한 분인지요?


우리는 너무 오랜 세월 원죄의 사슬에 묶여 자책하며 살아왔습니다. 신학과 교리가 그렇게 가르쳤지요. 나의 하느님은 이렇게 말씀하실 것입니다.

"누구를 사랑했느냐? 많이 아팠겠구나."

그분은 나를 위로하며 말씀하실 것입니다.

"사랑하기 위해 얼마나 자주 길을 떠났느냐? 얼마나 열정적으로 삶을 사랑했느냐? 아름다움 앞에서 얼마나 많이 감동했느냐? 나는 네 영혼이 입은 상처를 사랑한다. 상처가 없다는 것은 사랑한 적이 없었다는 것이니까."


정화수 앞 할머니의 기도를 미신이라 하여 눈길 한번 주지 않는 하느님. 부타浮陀의 보리심菩提心이 가슴을 울린다며 더없이 선량했던 내 친구를 지옥으로 보내는 하느님. 나의 하느님이 이런 분이라면 슬퍼해야 할 일이지요.

문에 기대어  찰스 리더데일 1831-1895 영국

구슬땀 흘리며 쟁기를 잡은 채, 등짐을 지고 비탈길 오르던 채, 기계 앞에서 기름 묻은 손인 채 삶의 마지막을 맞이하는 사람들. 나의 하느님은 그분들에게 말씀하실 것입니다.

"천국이 네 삶 안에서 이루어졌느니."

나의 하느님은 한밤 폭우가 서산을 넘어올 때 낯선 목소리를 빌려 문을 두드리며 서둘러 피하라 재촉하시지요.

나의 하느님은 지쳐 주저앉으려는 순간 어떤 이의 손을 빌려 무거운 짐 들어주시지요.

나의 하느님은 모든 이의 여정에 위로이신 분. 우리와 함께 기뻐하며 웃으시는 분. 우리와 함께 슬퍼하며 눈물 흘리시는 분이지요.

나의 하느님은 1985년 베르나르디노 그레코가 독일 튀빙겐대학 행사에서 부른 샹송의 노랫말에 나오는 하느님입니다.

> 어느 날 프란치스코가 울면서 말했지요
> 저는 태양을 사랑하고 별을 사랑하고
> 클라라와 수녀님들을 사랑하며
> 인간의 마음을 사랑하고
> 모든 아름다운 것들을 사랑합니다
> 나의 주님, 저를 용서하십시오
> 주님만을 사랑해야 할 텐데요
>
> 주님께서 웃으며
> 그에게 이렇게 응답하셨다
> 나는 태양을 사랑하고 별을 사랑하고

클라라와 수녀님들을 사랑하며
인간의 마음을 사랑하고
아름다운 모든 것들을 사랑한다
나의 프란치스코야, 울지 말아라
나도 그대가 사랑하는 것을 사랑하니까.

트라피스트회 토머스 머튼 신부가 이 노랫말을 단 한 줄로 줄여 우리를 위로합니다.

"주님께서는 심판하시기 위해서
당신의 세상을 창조하시지 않으셨다."

튤립을 모으는 소녀들  하롤드 하비 1874-1941 영국, 1926

사월 / 넷

## 오른손이 한 일

한 사람이
모든 사람의 걱정을 덜어줄 수는 없으므로
도움이 필요한 모든 사람을 구제할 의무는 없다.
그러나 우리가 도와주지 않으면
도움을 받을 수 없는 사람은 도울 의무가 있다.
— 토마스 아퀴나스

**여인의 뒷모습** 빌헬름 함메르쇼이 1864–1916 덴마크, 1904

어느 날 갑자기 남편을 떠나보낸 50대 초반의 그녀가 절망의 늪에 빠져 있었습니다.

"시간이 해결해주겠지."

이런 마음으로 기다렸지만, 그녀의 우울은 깊어만 갔습니다. 지켜볼 수만 없어 어느 날 뇌성마비 장애아들이 사는 곳에 데려갔습니다.

장애아들 방에 들어선 얼마 후 오랜만에 그녀 얼굴에 피어오르는 생기를 보고 놀랐습니다. 밥을 먹이고 옷을 입히는 봉사자의 손길을 따라 장애아 얼굴에 번지던 고운 미소가 그녀 가슴에 파문을 일으켰던 것이지요.

깊은 수렁에서 그녀를 일으켜 세운 것은 미사여구를 동원한 위로의 말이 아니었습니다. 뇌성마비 장애아와 봉사자의 만남에서 일어나는 따뜻한 불꽃을 보고 삶은 서로에게 봉사할 때 비로소 행복하다는 사실을 깨달았던 것이지요.

그녀가 드디어 자기 발로 햇빛 찬란한 세상으로 걸어 나와 봉사하는 삶을 살기 시작했습니다.


봉사는 계곡의 얼음을 녹여 풀꽃을 피게 하는 일이지요.
봉사는 바람이 과일을 영글게 하는 일이지요.
봉사는 기쁨은 나누고 슬픔은 함께하는 일이지요.


두 뼘 크기의 청동 조각이 며칠 만에 돌아온 나를 반깁니다.
"많이 기다렸어요."
이른 아침 커튼을 열면 창밖 튤립나무가 먼저 인사를 합니다.
"오늘은 바람이 부네요. 외출할 때 조심하세요."

튤립나무 한 그루가, 청동 조각 한 점이 기쁨과 그리움과 사랑의 의미를 나날이 일깨워줍니다. 한 포기 풀꽃이든, 한 점 그림이든 세상 만물은 자기 향기로 서로에게 봉사합니다.

라디오도 없고 신문도 없었던 시절, 마을에서 마을로 세상 소식을 전했던 이는 사랑채에서 하룻밤 묵어간 길손이었습니다. 그 시절 나그네는 소식의 전령사傳令使였지요.
나그네에게 잠자리를 제공한 일을 그 시절에는 자선이라 했지요. 세상이 많이 변했습니다. 요즘은 자선이라는 말보다 봉사라는 말을 자주 듣게 됩니다.
슬퍼하는 이의 손을 잡는 일
다친 이에게 어깨를 내어주는 일
기쁜 마음으로 행하는 모든 일이 봉사이지요.
에반 프리처더가 <시계가 없는 나라>에서 말했습니다.

　　"나눈 자리는 항상 더 많은 것으로 채워진다."

현대는 정보시대인지라 둘을 가진 이가 하나를 내어놓았다는 소식을 듣고 열을 움켜쥔 이가 하나를 내어놓게 된다면 이 세상을 사람 사는 곳으로 만드는 시작이 되지요.
이러한지라 오른손이 한 일을 왼손이 알게 해도 부끄러워할 일이 아닌 시대인 것이지요

꽃을 안은 여인  에드워드 쿠쿠엘 1875-1954 미국

사월 / 다섯

# 어느 봄날 산사山寺에서

기도하는 것이
일하지 않아도 된다는 이유가 될 수 없고
일하는 것이
기도하지 않아도 된다는 이유가 될 수 없다.
— 루이 에블리

꽃소식이 여심旅心을 흔드는 계절입니다. 봄날의 유혹을 물리칠 길 없어 무작정 어딘가로 떠나고 싶었습니다. 이 고을, 저 마을 풍정風情에 젖어 정처 없이 걷고 싶었습니다.

그리하여 당도한 곳, 간간이 나뭇잎 흔들리는 소리만 들리는 산사山寺에서 하룻밤 묵어가는 나그네가 되고 싶었습니다.

혼자 길을 떠났습니다. 산사에서 지낸 그날이 아직도 기억에 생생한데 옛 모습 그대로일는지?

공주에서 시외버스를 타고 한 시간 남짓 달려 도착한 마곡사麻谷寺. 초록빛을 띠기 시작한 잡목 숲에 둘러싸여 봄비에 젖고 있는 산사山寺는 서러울 정도로 적막했습니다.

신라 선덕여왕 9년, 자장율사가 산문山門을 열고 보철화상이 전도를 시작했을 당시, 법문을 들으려 모여든 신도들 모습이 마치 빽빽이 들어선 삼대(麻) 밭을 닮았다 하여 마곡사麻谷寺라는 이름을 얻었다고 합니다.

전설 같은 마곡사 대웅전 이야기가 잊히지 않습니다.

## 이야기 하나 ; 싸리나무 기둥

둘레가 한 아름이 넘는 싸리나무가 대웅전 안에 기둥으로 세워져 천장을 받치고 있습니다. 너무나 우람해서 싸리나무라 믿어지지 않았습니다.

웅장한 싸리나무 기둥의 신비한 영력靈力 때문이었을까요. 기둥을 돌며 기도하면 소원이 이뤄진다는 소문이 퍼져나갔다지요. 이야기를 듣고 찾아온 신도들이 얼마나 많았겠는지요. 그들이 스치고 간 손길로 기둥 허리가 반짝거렸습니다.

## 이야기 둘 ; **대법당 돗자리**

넓은 대웅전 법당 바닥에 이음새 하나 없이 짜진 돗자리가 깔려 있습니다.

백여 년 전, 주지 스님이 인과응보에 대한 설법을 펴는 날 좌객坐客 한 사람이 마곡사에 들렀다고 합니다.

지금 겪고 있는 고통은 전생의 업보이니 선하게 살고 자비를 베풀어 업보에서 벗어나라는 설법이 가슴에 꽂혔습니다.

업보를 풀려는 일념으로 그날부터 돗자리를 짜기 시작했다고 합니다. 백일만에 대법당 돗자리를 완성한 좌객이 걸어서 산문山門을 내려갔다는 전설 같은 이야기입니다.

손톱에 피멍이 들도록 돗자리를 짜며 통회痛悔한 기도에, 원망의 사슬에서 벗어난 찬미의 노래에 부처님이 응답한 것인지도 모를 일입니다.

바람에 흔들리는 잡목 숲 술렁거림으로 더욱 적막한 밤입니다. 비가 멎고 객창에 달빛 비치니 잠이 오지 않습니다. 전설로 치부해버릴 수 없는 깊은 울림. 백 년 전 좌객이 엮은 돗자리 이야기가 적막한 밤을 더욱 적막하게 합니다.

사람들은 기도에 대한 응답을 바랍니다. 살아가면서 청할 일이 왜 없겠는지요. 눈물을 흘리며 부처님 하느님께 매달릴 일이 왜 없겠는지요.

하지만 사람들은 소원이 이뤄지면 기뻐하고 이뤄지지 않으면 원망합니다. 기도 내용이 자기 욕망이요, 집착의 표현이라 신이라 해도 귀를 기울일 수 없을 때가 얼마나 많은지요.

가브리엘 보시가 〈그와 나〉에서 전하는 하느님 말씀입니다.

"나를 감동케 하는 것이 기도의 횟수라 생각지 말라. 그보다는 너의 기도 드리는 태도다. 기도하는 것, 그 자체가 희생이다. 마치 제물로부터 하늘로 오르는 연기처럼 너는 일을 하면서도 기도할 수 있고 쉴 때도 내게 찬미를 바칠 수 있다. 단지 침묵 속에서 나를 바라보라."

아침 예불이 끝난 대법당은 다시 고요에 잠기고 추녀 밑 채색이 봄 햇살을 받아 반짝입니다.

산문을 내려서며 극락교에 기대 먼 산을 바라보며 생각했지요. 봄날 빈들에 씨앗을 뿌리는 일, 넘어진 아이의 손을 잡아주는 일 등. 삶의 모든 순간이 기도이지요.

내 생각이 너무 멀리 나간 것이었나? 바람결에 들려오는 소리가 있었습니다.

덴마크의 철학자 키르케고르의 목소리였습니다.

"기도의 기능은 신을 감화시키는 게 아니라,
기도하는 사람의 본질을 바꾸는 것이다."

**꽃병의 장미** 존 바자리 1867-1939 헝가리, 1906

## 오월 五月

어린이는 잃을 권력도
빼앗길 명예도 없으니
태초의 자유 그대로
빈손의 깨끗함이지요.

봄 프란츠 드보라크 1862-1927 오스트리아, 1917

오월 / 하나
## 어린이와 같이 되지 않으면

어머니는 아기에게
하나의 우주인 셈이다.
— 카타리나 침머

언덕을 달리는 아이의 고운 웃음소리, 달리다 넘어진 아이의 맑은 울음소리, 동구 밖 놀이터의 활기, 꼬리를 물고 이어지는 초롱초롱한 눈망울의 호기심 어린 물음.

어린이의 가식 없는 솔직함과 때 묻지 않은 생명력은, 어린이의 무한한 가능성은 만발한 꽃의 아름다움에 비할 바가 아니지요. 어린이는 꽃 중에서도 가장 아름다운 꽃, 인간 꽃이기에 그렇습니다.

소설 〈삼십세〉의 여류작가 잉게보르크 바하만이 말했지요.

놀이터의 난장판, 한 조각 빵을 움켜쥔 고사리손의 고집, 아직은 절제와 가식 등을 모르는 어린이를 바라보며 절망합니다. 어른들 틈의 어린이라면 그런대로 문제가 없다고까지 합니다.

나는 바하만의 생각에 동조할 수가 없습니다. 어른들의 변덕스러움을 견디면서 어린이의 천진함이 입게 될 상처를 생각하면 걱정이 앞서기 때문입니다.

자유로운 영혼을 찬미하던 입으로 청춘의 꿈을 짓밟는 어른들, 정의로운 분배를 외치던 발걸음으로 곳간을 채우기에 혈안인 어른들, 지구는 하나뿐인 삶의 터전이라 외치면서 아름다운 산하山河에 포탄을 퍼붓는 어른들.

이런 어른들 틈에서 어린이들이 감당해야 할 절망을 생각하면 얼굴이 붉어집니다.

어린이는 어른들의 예지叡智를 통해 지혜롭게 자라야 합니다. 하나를 잃은 자리에는 다른 하나로 채워주시는 창조주의 섭리를 깨우치며 자라야 합니다.

아이들의 천진함은 창조주의 기쁨입니다.

아이들의 천진함이 없는 어른들만의 세상, 그런 세상은 우울할 것입니다. 아이들의 순수함이 없는 어른들만의 세상, 그런 내일은 암담할 것입니다.

영국 문학평론가 존 러스킨이 말합니다.

"자기완성의 모든 가능성을 지닌
청정무구淸淨無垢한 어린이들이
끊임없이 태어나지 않았다면
세상은 얼마나 무서운 곳이 되었을까!?

어린이를 마주할 때마다 옷깃을 여미며 묻게 됩니다.

"나는 과연 어린이처럼 자유로운 영혼으로 살고 있는가?"

어른으로 산다는 것은 어린이가 되기 위한 자신과의 싸움인지도 모릅니다. 어린이는 웃고 싶을 때 웃고 울고 싶을 때 거침없이 우는 자유인이지요.

**핑크 리본** 릴라 페리 1848-1933 미국, 1906

오월 / 둘
# 천사의 질문

도덕주의가 주는 가장 큰 병폐는
어린 나이에 이해하기 벅찬 추상적 개념을
받아들이도록 강제로 훈련 시키는 것이다.
— 브래드 블랜튼

유치원에 다니는 딸이 물었다고 합니다.

"아이는 죽으면 천사가 되는데 어른은 무엇이 되나요?"

그녀가 당황했다고 합니다. 딸이 알고 있는 천사는 따뜻한 미소를 머금고 가엾은 이를 위로하는 동행자였을 테지요. 억울한 이의 누명은 벗겨주고 욕심쟁이는 넘어뜨리는 정의로운 손길이었을 테지요.

어른들은 둘만 모이면 누군가의 얼굴에 생채기 내기에 여념이 없지요. 풀잎이 수런대는 소리에도 의심의 눈초리를 드러내며 빗장을 걸지요. 기쁨보다는 슬픔을, 만족보다는 불만을, 감사보다는 원망을 안고 살아가지요.

그녀의 딸은 이런 어른들이 죽어 천사가 되리라고는 꿈에도 생각할 수가 없었던 것이지요.


어른들은 나날 가운데 일어나는 크고 작은 기적들. 맑은 눈이면 선명하게 볼 수 있는 기적들을 과학의 잣대를 들이대며 믿으려 하지 않습니다.

베푼 것은 이해할 수 없는 방법으로 낯선 사람의 손을 거쳐 돌아오고, 받은 것은 다른 사람 손을 빌려 돌려주게 되는 일. 어른들은 이 오묘한 섭리를 알려고 하지 않습니다.

시인의 어린 딸은 남자와 여자, 선과 악, 천국과 지옥 등의 편가름이 어른들의 편견에서 비롯된 것을 알아챈 것인지도 모를 일입니다.

세상 온갖 걱정을 껴안고 허둥대며 하루를 시작하는 어른들, 타인의 시선에 신경이 곤두서곤 하는 어른들의 정서불안을 바라보며 이해할 수 없었겠지요.

많은 것이 좋은 것이라는 어른들의 어리석은 셈법을 시인의 어린 딸이 눈치챈 것이 아닐는지요.

아름답게 피었다 깨끗하게 떨어지는 꽃을 보며 아이들은 꽃처럼 웃는데 어른들은 서러워합니다.

강물처럼 흘러가는 세월 속에서 태어나고 늙고 죽는 것은 부자와 가난한 이, 남녀노소를 가리지 않고 모두에게 공평하지요.

어린이는 내일 무엇을 먹을까, 무엇을 입을까 걱정하지 않기에 근심으로부터 자유롭습니다. 어린이는 삶과 죽음의 구별을 모르기에 죽음에 대한 두려움으로부터 자유롭습니다. 어린이는 잃을 권력도 지켜야 할 명예도 없으니 사악함으로부터도 자유롭습니다.

오늘도 어린이들이 묻고 있습니다. 어른은 죽으면 무엇이 되는지를.

우리는 어디서 길을 잃었을까요?

어린이의 깨끗함으로 태초의 자유를 누리며 살 수는 없는 것인지요?

체리를 가진 소녀　샤를 아마블 르누아르 11860-1926 프랑스

오월 / 셋
# 대代 잇기

인간의 존재를 한 생애의 시간과 공간으로
한정시키는 것은 영혼의 품격을 떨어뜨리는 일이다.
그때 우리 영혼은 일시적인 육신에 갇히고 만다.
— 디팩 초프라

늦게 핀 철쭉이 바람에 나부끼는 이른 아침, 아들을 낳지 못해 소박당한 채 쓸쓸히 살아온 옆집 할머니의 한 줌 재를 그분 유언대로 뒷산 오동나무 아래 묻었습니다.

자연의 아름다움과 인간의 비애悲哀가 하나로 어우러질 때의 우수를 안고 산길을 내려오는데 오래된 무덤 하나가 잡초 속에서 고개를 내밉니다.

한평생 아들 없는 설움 속에 살다 떠난 할머니 영혼에 위로가 되기를 바라며 오동나무를 향해 전합니다.

"보고 계시는지요? 한동안 후손들 발길이 끊이지 않았겠지요. 그들 발길이 끊어진 지 시간이 얼마나 흘렀을까요? 지금은 잡초 무성한 흙더미가 되고 말았네요."

대代란 무엇입니까?

내 성을 가진 남자아이만이 내 대를 잇는 것인지요?

오늘 태어남은 내일을 잇는 하나의 고리로 태어나는 것이지요. 오늘 죽음은 인류의 꿈을 이어갈 다른 누군가에게 하던 일을 넘겨주고 떠나는 것이지요.

그가 뿌린 삶의 조각들이 누군가에게 격려가 되고 위로가 되었다면 그의 삶은 이미 대를 이은 것이지요.

철학자 프랜시스 베이컨이 말했지요.

"가장 고귀한 업적은
자식을 가지지 않은 사람들에게서 비롯된다.
육체의 형상을 남기지 못하므로
정신의 형상을 남기려 노력하기 때문이다."

**어린 소년** 노라 그레이 1882-1931 스코틀랜드, 1921

아마도 베이컨은 이렇게 말하고 싶었겠지요.

"미켈란젤로가 떠난 지 4백여 년이 지났지만 시스티나 성당의 천장화는 오늘도 사람들의 심금을 울리지요. 대를 이을 아들이 없었다 하여 누구라 감히 그가 불태운 예술혼을 하찮은 것이었노라 말할 수 있겠는지요."

우리를 천상의 세계로 이끄는 베토벤의 장엄미사곡을 듣고 감동의 눈물을 흘린 적이 있는지요. 빈의 중앙묘지에 잠든 그의 묘비 앞에는 오늘도 세계 각지에서 찾아온 참배객이 놓고 간 꽃다발이 쌓여 있습니다.

우리의 영혼을 정화 시키려 미켈란젤로와 베토벤이 선택했던 예술가의 일생. 그 고독한 예술혼이 낳은 불멸의 작품이 그들의 대를 이어 빛나고 있지요.

부유한 상인의 아들로 태어난 아시시의 프란치스코. 그는 청빈의 이상을 실현하기 위해 약속된 부귀와 스물다섯 아름다운 청춘을 포기했습니다.

맨발로 빈한貧寒의 길에 올라 마혼다섯 해의 흔적만 남기고 떠났지만 팔백여 년이 지난 오늘도 그의 삶을 기리려는 젊은이들이 수도원의 문을 두드리고 있지요.

이 고귀한 일생 앞에서 대도 잇지 못하고 떠난 가련한 삶이었노라 말할 수 있겠는지요.

인생은 각자 한 폭의 그림을 그리는 일이라 할 수 있지요. 왕비의 삶이든 시녀의 삶이든, 모든 삶은 각자 자기가 살아온 일생을 한 장의 그림으로 남기고 떠나지요.

때로는 소박한 농부의 그림이 갑옷을 입은 장군의 그림보다 더 사람들의 심경을 울리지요.

한 사람의 인생을 이야기할 때도 이와 다르지 않습니다. 습작 인생으로 살다 떠났는지, 치열한 삶으로 주위를 감동케 하고 떠났는지를 두고 이야기하게 되지요.

우리는 압니다. 아들이 세운 장승에 둘러싸인 화려한 무덤의 인생이나 아들이 없어 한 줌 재로 오동나무 아래 묻힌 할머니 인생이나 모두 세상 어딘가에 흔적을 남기고 떠났다는 점에서는 그 무게가 같다는 것을.

그러기에 한 포기 풀꽃처럼 살다 이름을 남기지 않고 떠난 무수한 영혼들에 감사해야 하지요.

봄의 우화 나다나엘 슈미트 1847-1918 독일

오월 / 넷

# 꽃비

삶은
죽음을 향한 순례이기 때문에
죽음이 삶보다 더 신비로운 것이다.
— 오쇼 라즈니쉬

연녹색으로 솟아오르는 잎들에 자리를 내어주느라 꽃들이 흩날리고 있습니다. 등불처럼 봄밤을 밝히던 보라색 오동나무꽃도 지고 연분홍 살구꽃이 바람에 실려 떠나고 있습니다.

찬란했던 봄날이 지는 꽃을 뒤쫓아 떠날 채비를 하는 모습을 보며 태어남과 죽음, 만남과 이별에 대해 생각하게 됩니다.

세상의 모든 열매는 꽃이 남긴 삶의 흔적이지요. 우리도 언젠가는 저 꽃들처럼 지상에서 사라지는 날이 오지요. 그때 각자가 남기는 열매는 크기와 색깔이 다양하지요. 그래서 세상이 아름다운 것이지요.

나는 어떤 색깔의 노래로 내 삶의 열매를 남기게 될까?


떨어지는 꽃과 작별 인사를 나누는데 아랫마을 김 씨네 종가댁에서 어제 시작한 굿판이 끝날 시간이 되었나 봅니다. 지친 듯 북소리가 잦아들고 있습니다.

스물 나이 삼대독자가 시름시름 앓자 병원을 전전한 지 일 년이 지났습니다. 드디어 찾아낸 병명이 이승을 떠도는 혼백 때문이라는 답을 얻은 것이지요. 그러니 혼백을 달래는 굿판에 마지막 희망을 걸 수밖에 없었던 것이지요.

삼대독자를 살리는 일이니 이보다 더한 일을 하라 해도 마다할 수 없었겠지요. 가끔 첨단의학으로도 밝혀내지 못하는 병명은 있으니까요.

삼대독자의 소맷자락에 매달려 떠나지 못하는 혼백의 사연은 무엇일지요? 무녀가 던지는 떡 몇 조각과 술 몇 잔, 넓은 뜰의 흐느낌 소리. 이에 만족하여 떠난다면 그다지 대단한 원한은 아니었겠지요. 과연 이승을 떠도는 원혼寃魂은 있는 것인지요?

가슴에 생채기로 남아 있는 사연 한둘 안 가진 사람 있겠는지요. 그 때문에 원혼이 된다는 것은 자기 영혼을 노숙자로 만드는 일이지요.

원고지는 백지인 채 널브러져 있고, 밑그림을 그리다 붓을 놓은 지 오래된 화판이 몇 달째 이젤 위에서 잠자고 있을 때.
'이렇게 떠날 수는 없는데….'
누구나 아쉬워하지요. 하지만 우리 앞에 백 년이 더 주어진다 해도 인생은 어차피 미완성으로 끝나지요.
죽음은 다른 세상의 문을 여는 일이라 합니다. 이 별에서 저 별로의 여행은 가벼운 걸음으로 떠나야지요.
미련 없음. 여한 없음. 그것은 떠나는 이가 남은 이를 위해 할 수 있는 마지막 봉사이지요.
사제이며 시인이었던 에르네스토 카르데날이 말합니다.

"세상 만물과의 이별은 하느님과의 포옹이다."

봄마다 벌어지는 벚꽃 축제. 그때 한 줄기 바람에 우수수 지는 꽃을 보며 사람들이 탄성을 지릅니다.
"아, 꽃비!"
우리도 이 세상 떠날 때 꽃비처럼 아름답게 마침표를 찍을 수 없는 것인지요.

장미 가지치기  로버트 고든 1845-1932 영국

오월 / 다섯
# 빈 배

논쟁은 설득하는 데는 가장 불리한 방법이다.
사람들의 의견은 못과 같아서
때리면 때릴수록 깊이 들어가 뺄 수 없게 된다.
— 타키투스 유베날리우스

112   이제는 자기사랑

오월 산야는 한 폭의 수채화입니다. 연분홍 작약이 달빛이라도 받아 흐드러지면 밤안개에 젖은 채 보름달이 중천을 넘어설 때까지 떠나지를 못합니다.

작약 꽃밭 너머로 연초록 도라지가 키재기를 합니다. 불두화佛頭花 옆에 진보라 붓꽃들이 무리 지어 하늘거리고 풀꽃이 느낌표를 찍듯 고개를 내밉니다. 꽃소식을 듣고 달려온 친구가 탄성을 지릅니다.

"여기는 천국이구나."

그녀 목소리에 쓸쓸함이 묻어 있습니다. 사연인즉 이웃집 담너머로 가지를 뻗은 모과나무 한 그루를 두고 잘라라, 자를 수 없다며 시작된 언쟁이 급기야 법정 다툼으로까지 치닫게 되었노라며 어두운 표정을 감추지 못합니다.

고운 성품의 그녀가 법정까지 가게 되었다면 그럴만한 사연이 있었겠지요. 그녀가 후회하는 표정을 지었습니다.

얼굴을 맞대고 흐드러진 꽃밭의 어우러짐, 능소화 줄기에 등걸을 내어 맡긴 늙은 홍매화, 나비가 춤추는 꽃밭의 평화. 아름다운 자연의 춤에 그녀가 부끄러웠던 것이지요.

"지는 것이 이기는 것이다."

지금 그녀에게 이 격언을 말하면 위로가 아니라 화를 돋우는 일이 되겠지요.

사노라면 다툴 일이 왜 없겠는지요. 사노라면 분노할 일이 왜 없겠는지요. 지금 그녀의 처지와 같은 일로 분노를 삭이지 못하는 이가 있다면 이렇게 조언해야겠지요.

**강놀이 배의 에드가** 가이 로즈 1867-1925 미국

"공이 그대에게로 넘어왔는지요? 받아서 떨어뜨리세요. 받은 즉시 공을 넘기면 그대 또한 다시 넘겨받게 되지요. 해가 저물도록 받고 넘기는 핑퐁 짓을 반복하다 결국 둘 다 상처투성이가 되어 주저앉게 되지요."

장자莊子의 말이 도움이 되었으면 좋겠습니다.
"한 사람이 배를 타고 강을 건너다가 빈 배가 그의 배에 다가와 부딪치면 아무리 성질이 나쁜 사람이라도 화를 내지 않을 것이다. (…) 세상의 강을 건너는 당신 배를 빈 배로 만들 수 있다면 상대편을 빈 배로 볼 수만 있다면 아무도 그대와 맞서지 않을 것이다."
상대편을 빈 배로 볼 수 없는 것은 자기 잣대로 남을 판단하고 자기 욕망의 눈높이로 남을 견제하고 자기 공명심으로 남을 시샘하기 때문이지요.
우리는 자존심이라는 말을 방패처럼 휘두르곤 합니다. 하지만 더러는 이기심 자만심 자격지심을 자존심으로 오해하는 경우가 많지요. '제 몸이나 품위를 스스로 높게 가지는 마음'이 자존심이라면, 올바른 자존심은 상대를 빈 배로 여기는 마음이겠지요.

빈 배가 된다는 것은 눈도 감고 귀도 막고 살아야 한다는 뜻이기도 하지요. 말은 쉽지만, 막상 당하면 어려운 일인데 나는 그럴 수 있을는지?
물보라를 씌우며 옆을 지나는 배를 빈 배로 여겨 웃을 수 있을는지? 하루도 바람 잘 날 없는 인생의 바다를 건너 무사히 피안彼岸에 도착할 수 있을는지?

사랑과 열망과 꿈. 소중하게 여겨온 이런 것까지 모두 들어내고 배를 가볍게 하지 않고는 목적지인 섬에 도착할 수 없을 터인데 나는 그럴 수 있을는지?

톨스토이가 조언합니다.

"깊은 강은 돌을 던져도 조용하다.
모욕을 당했을 때 몹시 흥분하는 이는
강이 아닌 웅덩이다."

문득 내가 분노한 일들이 떠올랐습니다.
비 내리는 날 달리는 승용차의 물세례에 옷이 젖었을 때
옆집 아이의 새총에 맞은 참새가 내 뜰에 떨어졌을 때
지나던 길손이 담 넘어 늘어진 석류 가지를 꺾을 때.
유유히 흐르는 푸르고 깊은 강이 아니라 질척거리는 웅덩이였던 기억들, 사소한 일로 화를 내고 목소리를 높였던 일들이 떠올라 얼굴이 붉어졌습니다.

**바닷가 테라스** 앙리 르바스크 1865–1937 프랑스

# 유월 六月

종교는 추함을 아름다움이게 하고
불공평을 공평으로 바로잡는 풀무질이며
슬픔을 위로하는 손길이라야 합니다.

**야생 카네이션** 마이런 발로우 1873-1937 미국

유월 / 하나

# 신은 어디에나 있다

새로운 것은
새로운 율법이 아니라
율법으로부터의 새로운 자유다.

— 한스 킹

자작나무 숲이 바람에 서걱대는 소리가 들립니다. 상쾌한 초여름 바람이 지나가는 소리입니다. 산사의 저녁 종소리를 뜰에 내려놓고 떠나던 미풍이 목덜미를 간지럽힙니다.

문득 미풍을 닮은 이들의 모습이 떠오릅니다. 잔기침 소리를 듣고 목도리를 풀어주던 비구니 모습이 생각납니다. 비 오는 날 우산 속으로 부르던 낯선 수녀님 모습도 생각납니다.

그들이 선택한 아름다운 침묵과 청빈 정신이 초여름 소슬바람처럼 가슴을 훈훈하게 했었지요.


신앙은 신을 경건히 여기며 자비의 마음을 갖는 것이라 합니다. 자신이 선택한 신에게 자신을 맡기는 일이 신앙이라면 신앙인의 삶은 아름다운 청빈이며 평화로운 순명順命이며 기쁨이라야 하지요.

하지만 신앙을 부귀와 명예를 지키는 부적符籍처럼 흔들고 다니는 사람도 있지요. 말세 신앙을 외치는 사람도 있고요.

여러 해 전 교회 신도들이 방송사를 난입한 사건이 떠오릅니다. 당시 사건 담당 기자가 남긴 말입니다.

"잘못된 종교는 개인은 물론 가족과 사회를 파괴한다. 인간의 정신을 황폐케 하는 종교 비리를 뿌리 뽑고 싶었다."


인간의 정신세계를 풍요롭게 해야 할 종교가 가정을 파괴하고 사회를 혼란에 빠뜨린다면 사이비교이지요.

신들린 몸짓, 광기 서린 목소리로 야훼의 이름을 불에 녹여, 석가의 이름을 떡 반죽하여 독주로 빚는 목자라면 그는 사이비 교주입니다.

**양치는 여자와 그녀의 양** 앙리 마르탱 1860-1943 프랑스

번제물의 많고 적음과 분향제焚香祭의 있고 없음이 무슨 문제가 되겠는지요. 종교는 탐욕으로 병든 영혼을 치유하는 따뜻한 손길이라야 하지요.

석가의 이름이 중요한 일이겠는지요. 종교는 이기적인 사람을 흔들어 깨우는 천둥소리라야 하지요.

예수의 이름이 중요한 일이겠는지요. 종교는 추함을 아름다움이게 하고 불공평을 공평으로 바로잡는 풀무질이라야 하지요.

종교는 절망으로 쓰러진 이에게 희망의 생수를 들고 찾아가는 자비라야 하지요.

종교의 소명은 목마른 영혼의 갈증을 풀어주고 병든 영혼을 건강한 영혼으로 살려내는 일이 아니었던가요.


우리는 꿈과 욕망을 구별할 수 없을 때가 있습니다. 꿈으로 위장한 욕망이 우리를 부추깁니다. 때로는 우리 자신이 욕망을 꿈의 반열班列에 올려놓기도 하지요.

떠나야 할 곳에 머물다 치유할 길 없는 상처를 입었을 때 그분이 내 손을 잡고 떠나자며 말했습니다.

"돌아보지 마라. 머뭇거리는 사이 손가락 사이로 빠져나간 허송세월을 벌써 잊었느냐."

무너진 담장 앞에서 서러워할 때, 반 토막 꿈에서 깨어났을 때 그분이 내 등을 다독이며 말했습니다.

"절망하지 마라. 네 것이 아닌 것은 네 것이 될 수 없다."

그분의 위로를 듣게 되면 무거운 짐도 금방 가벼워집니다. 평정을 잃었다가도 이내 평정을 되찾게 됩니다.

19세기 인도 성인 라마크리슈나가 말했지요.

"은총의 바람은 언제나 불고 있다.
그렇지만 돛을 올려야만 한다."

이름을 부르는 순간 옷자락 펄럭이며 달려오는 그대의 신을
만나려면 돛을 펼치고 넓은 바다로 나가야지요.
지금 그대가 언제 어디에서든 그분이 부르는 소리를 들을 수
있다면 그대는 이미 돛을 펼치고 은총의 바다를 항해 중이지요.

익은 감이 주렁주렁 달린 늦가을 감나무를 바라보며
옆집 마구간에서 갓 태어난 송아지 울음소리를 들으며
이른 새벽 반짝이는 동창의 샛별을 바라보며

거대하고 은밀하고 오묘한 신비에 감탄한 적이 있는지요? 그
순간 그대는 이미 바다를 건너 피안의 백사장에 도착한 것이지
요. 누가 말했던가요?

"신은 어디에나 있다."

유월 / 둘
# 미루나무 숲의 노래

시인과 낚시꾼은
두 가지 공통점을 가진다.
그들은 자연을 신뢰하며 자연에서 영감을 얻는다.
— 폴 퀸네트

**청색 옷의 여인** 모리스 드니 1870-1943 프랑스, 1899

무거운 짐 훌훌 벗고 어딘가로 떠나고 싶은지요? 다람쥐 쳇바퀴 도는 것 같은 직장생활에서 벗어나려 몸부림치고 있는지요? 나도 그랬습니다. 그럴 때마다 홀로서기를 다짐하며 소박한 꿈 한 자락 잡고 견뎠지요.

　벗과 차 한 잔 나눌 수 있을 정도, 한 달에 책 서너 권, 영화 두어 편 볼 수 있을 정도만 되면 떠나리라 다짐했지요

　드디어 떠나왔습니다. 창을 열면 낮은 언덕에 미루나무 다섯 그루가 서 있는 풍경에 사로잡혀 모두가 선호하는 남향을 두고 굳이 동향東向인 이 방에 짐을 풀었습니다.

　미루나무 숲을 병풍처럼 둘러싼 높고 낮은 산들이 운무雲霧로 덮이는 날이면 미풍입니다. 창을 열면 미루나무 숲이 먼저 말을 걸어옵니다.

　"오늘은 동남풍이네요?"


　마지막 종착지라 생각하며 짐을 풀었는데 내 원고지는 몇 년째 백지인 채 책상 위에 널브러져 있습니다. 미루나무 숲이 나의 슬픔을 눈치챘나 봅니다.

　"두려워 말고 버려요."

　모두 버리고 왔는데 10년을 가꾼 집과 정원도 버리고 왔는데, 어머니가 물려주신 반달이도 버리고 왔는데 아직도 버릴 것이 남아 있다니요.

　어제는 햇빛을 받아 미루나무 숲 무성한 잎들이 서로 다정하게 노래를 주고받더니 오늘은 이슬비에 젖어 슬픈 몸짓입니다.

　내게도 많은 날이 있었지요. 만남으로 설렜던 날이 있었고 그리움으로 슬펐던 날도 있었지요.

극단의 순간에 맞닥뜨리자 돌변하는 모습에 놀라 벗을 잃게 되리라는 예감으로 울었던 적도 있었지요. 정의감을 불태우며 최루탄 쏟아지는 거리를 함께 누볐던 친구가 갑자기 변절하는 모습에 슬퍼하기도 했지요.

미루나무 숲을 향해 물었습니다.

나의 시詩가
외로운 이의 동행이며
목마른 이의 봄비이며
미루나무 숲의 노래이려면
추억의 위로까지 버려야 하는가?

미루나무 숲이 팔을 흔들며 말했지요.
"그냥 자연에 맡겨요."

믿고 기다리라는 말이지요. 흐르는 강물이, 지는 꽃잎이, 소식을 물고 오는 까치 떼의 날갯짓이 인간보다 더 자애롭지요. 공평하고 정의로운 자연을 믿고 지금은 기다리고 있습니다.

내 시가 미루나무 숲의 노래가 될 날을.

**머리 땋는 소녀**  페데리코 잔도메네기 1841-1917 이탈리아, 1896

유월 / 셋

# 예언자를 기다리며

인간에게는
세상을 바꿀 수 있는 의지가 있고
자신을 바꿀 힘이 있다.
— 빅토르 프랑클

**기다리는 마음** 에드워드 킬링워스 존슨 1825-1896 영국

어느 사이 우리 삶이 정보에 포위된 느낌이 들 때가 있습니다. 핸드백 광고를 보는 순간 갖고 싶습니다. 아이스크림 광고를 보는 순간 먹고 싶습니다. 현대인은 정보의 홍수에 빠져 둥둥 떠다니고 있는 것은 아닐는지요.

정보의 홍수가 아니라 유혹의 홍수라는 말이 더 맞는 표현인지도 모르겠습니다.

대리는 부장의 회전의자에 앉고 싶습니다. 헛된 꿈인 줄 알며 사장 집무실을 넘보다 육중한 유리문에 부딪혀 머리가 깨지는 사람도 있지요.

아름답고 달콤하고 웅위熊衛한 것이 갖고 싶고 되고 싶습니다. 정보들이 집요하게 유혹을 가해 오기 때문이지요.


이 유혹의 시대에 막강한 권력과 거대한 금력金力과 불의한 조직은 별개의 것이 아니라 하나로 엮여 있습니다.

권력은 권좌를 지키려 불의한 돈도 마다하지 않습니다. 거액을 지불하고 권력의 힘을 사들인 이는 그 힘을 지키려 폭력배의 힘을 빌리기를 두려워하지 않습니다. 밤거리 조직은 또 조직을 지키려 권력의 치마폭으로 숨어듭니다.

이리하여 세 집단이 손을 잡으면 최악의 부패 집단이 됩니다.


오늘도 우리에게 따라오라고 손을 흔드는 유혹. 그 유혹은 이천 년 전에도 있었고 그 이전에도 있었습니다.

보리수나무 아래 앉은 석가모니 모습이 떠오릅니다. 황태자로 누릴 수 있었던 부귀영화를 떨쳐내기까지 석가釋迦가 건너야 했던 유혹의 강은 얼마나 깊었겠는지요.

불교의 심오한 진리가 우리의 심금을 울리는 힘은 어디서 오는 것인지요? 유혹을 물리친 석가가 있어 가능했었지요.

예수는 또 어떠했는지요.

40주야晝夜 단식의 허기짐 속에서 매혹적인 말로 유혹하는 악마의 춤을 물리쳤습니다. 그때 예수가 유혹에 무너졌다면 서기西紀의 기원은 시작될 수 없었지요.

어느 신부의 말이 떠오릅니다.

"천 원을 줄 테니 일요일 성당에 나오라면 과연 몇 사람이나 올까요? 그런데 천 원을 들고 스스로 찾아오잖아요. 물질문명시대에 이것이야말로 기적이지요."

이 세상 기적으로 살아있는 예수와 석가, 그분들과 우리의 차이는 무엇인지요? 우리는 끊임없이 유혹을 청하고 그분들은 끊임없이 유혹을 물리친 것이지요.

눈만 뜨면 귀만 열면 온갖 유혹이 무서운 공격을 가해 옵니다. 유혹의 공세 앞에 종교계도 우왕좌왕입니다.

자기 교파에만 구원이 있노라 유혹하는 신도를 보며 갈등에 빠져 있을 때였습니다. 서점을 기웃거리다 〈왜 그리스도인인가〉라는 제목에 눈길이 멎었습니다.

이 책의 저자 스위스 출신 한스 킹 신부를 만나 알게 되었지요. 하느님은 모두를 포용하시는 분, 심지어는 무신론자까지도 구원하신다는 것을.

한스 킹 신부가 말합니다.

"신학자도 자칫 이념가나 이념 옹호자가 되기 쉽다."

그럴 테지요. 신학자도 인간이니 사회주의 옹호자일 수도 있고 종말신앙 교리를 주장할 수도 있지요. 하지만 신앙초보자가 사이비 종교를 구별할 방법은 있어야겠지요.

톰 하트만이 〈우리 문명의 마지막 시간들〉에서 알려줍니다.

> "공동체 지도자나 특정 개인이 자신만이
> '신에게 접근하는 통로'라고 선포하면
> 그런 집단이나 인간은 피해야 한다.
> 바로 이것이 사이비 종교의 징표다."

먼 산이 나날이 검푸른색으로 짙어가고 있습니다. 밤안개를 가르고 기적汽笛 소리 낮게 들리니 내일은 비가 올 모양입니다.

늦은 밤 기적소리 들리면 사이비 교주들이 호시탐탐 노리는 이 시대의 혼란에서 우리를 구할 예언자를 기다리는 이가 나만은 아니리라는 생각으로 창을 열고 별하늘을 바라봅니다.

금련화  프레더릭 프리스크 1874-1939 미국, 1904

유월 / 넷
## 야훼에 사로잡힌 사람

성스러운 것의 악마화는
매일같이 모든 종교에서 다 볼 수 있다.
그리스도의 십자가를 통해 유한자의 자아부정自我不定에
토대를 둔 종교에서도 그것을 볼 수 있다.
— 폴 틸리히

현대문명이 질서를 회복하고 인간이 삶의 의미를 찾는 길은 오직 신에게 귀의하는 길뿐이라며 문학을 통해 끊임없이 강조한 시인이 있었지요.

〈황무지〉의 시인 조지 엘리엇이 말합니다.

"인간성을 신과의 관계에서 생각하지 않으면
인간을 지나치게 사랑하게 되고
자기 이익을 위해서는 타인을 억압하게 된다.
그리스도 사랑만이 혼란을 초래하는 이 극단에서
우리를 구제救濟할 수 있다고 생각한다."

엘리엇이 말한 인류 구원의 마지막 희망인 그리스도를 만나려는 일념으로 성서의 책장을 넘기다 아모스 예언서에 이르러 눈길이 멎었습니다.

무려 2천7백여 년 전 북이스라엘의 부패상이 우리의 정치 현실을 빼닮아 있어 충격을 받았지요. 빠른 속도로 달음질쳐 2천년이라는 세월이 흘렀는데 뒷걸음질만 계속해온 여의도의 정치 현실이 부끄러웠던 것이지요.

당시 여로보암 2세 치하의 북이스라엘은 빈부의 차가 극심했지요. 종교 또한 부패할 대로 부패해 사회적 해악으로 뿌리를 내리고 있었지요. 이때 남쪽 테코아에서 북이스라엘에 도착한 아모스의 예언은 노도와 같습니다.

헤브라이 시詩 형태의 간결한 문장으로 이토록 힘차게 부패한 권력과 오만한 신앙인들을 질타할 수 있다니. 돌무화과나무를 가꾸던 농부의 말이라고는 믿어지지 않았습니다.

**소년의 인도로 계곡을 건너는 카푸친회 노수사** 에두아르드 대지 1805-1883 독일

아모스 예언자가 질타합니다.

　저주받아라.
　너희, 공평을 뒤엎어 소태같이 쓰게 만들고
　정의를 땅에 떨어뜨리는 자들아
　궁궐에는 권력으로 남을 등쳐먹는 자들뿐이다.
　성문 앞에서 시비를 올바로 가리는 사람을 미워하고
　바른말 하는 사람을 싫어하는 자들아
　너희가 힘없는 자를 마구 짓밟으며
　그들이 지은 곡식을 거두어 가는구나. 〈아모스 3,10-13 〉

공평을 부르짖으며 공평을 짓밟는 정치꾼들
정의를 내세우며 정의를 조롱하는 이념 놀이꾼들
바른말 하는 이의 입에 재갈을 물리는 치졸한 냉소주의자들
간신에게 훙배胸背를 달아주는 어처구니없는 권력 남용자들
시중 잡배와 손을 잡고 빈들의 이삭까지 쓸어가는 모리배들

온갖 명목의 조찬 기도회가 열리는 나라
눈부신 교세 확장을 세계에 자랑하는 나라
목자는 많아도 한 사람 아모스가 없는 나라

　부패한 정치 현실을 향해 채찍을 내리치는 아모스의 예언에
놀란 사람이 나만은 아니겠지요? 그동안 얼마나 많은 목자牧者가
제단 위에서 이 구절을 외쳤겠는지요? 그랬는데도 여전히 여의
도에는 야바위꾼을 닮은 정치인이 득실거리고 있다니요.

아모스는 여인들을 향해서도 나무랍니다.

비산 풀밭의 암소들아, 이 말을 들어라.
사마리아 언덕에서 노니는 여인들아,
남편을 졸라 술을 가져다 마시며
힘없고 가난한 자들을 짓밟는 자들아. 〈아모스 4,1-3〉

오늘도 기다립니다.
절망의 열기를 식혀줄 한 줄기 신선한 바람을
보리 이삭을 영글게 하고 하얀 찔레꽃을 피울 바람을
병든 가지를 잘라내고 푸름을 더욱 푸르게 할 바람을
오만한 권력과 부패한 금력에 채찍을 들 한 사람 아모스를.

# 칠월 七月

자기를 사랑하는 일은
이기주의가 아닙니다.
내가 없는 하느님,
내가 없는 이웃이
있기나 한지요.

꽃다발 앞에서  페르낭 투생 1873-1956 벨기에

# 내 자리는 어디인가?

뜻대로 할 수 있는 일과
할 수 없는 일을 구분하라.
행복 그리고 자유는 이 하나의 원칙을
이행함으로써 시작된다.
— 에픽테투스

오늘도 나는 꿈을 꿉니다.

노동의 기쁨을 안고 일터에서 돌아와 저녁 식탁에 모인 가족의 다사로운 눈빛, 반딧불 반짝일 때 마을 아이들이 달빛 아래서 술래잡기를 하는 풍경, 장년과 청년이 함께 내년 봄의 파종을 의논하는 사랑방 정담.

이 꿈을 좇아 정년 10년을 남겨두고 사직서를 던졌습니다. 친구가 어이없다는 표정으로 나무랐습니다.

"네 꿈은 백 년이나 전 이야기야."

현대문명은 소박하고 인간적인 꿈을 비웃습니다. 현대인은 기계문명의 혜택을 최대한 누리고 있지만, 빨래통을 이고 강가로 나가 얼음을 깨고 시린 손 호호 불던 시절보다 더욱 초조하고 불안한 삶을 살고 있습니다.

현대인은 풍족한 삶을 누리고 있지만, 어느 때보다 허무감에 빠져 허우적거리고 있습니다.

생명의 고귀함을 잃어버린 삶.

물질의 풍요에 비례하여 정신세계가 피폐疲弊해진 삶.

이 혼란은 어디서 시작된 것인지요?

자기 자리를 떠나 엉뚱한 곳에서 가당치도 않은 꿈을 꾸며 헤매고 있는 데서 시작된 것은 아닐는지요.

유실수 가꾸기를 마다하고 도시에서 청춘을 탕진한 나도 오늘의 혼란에 일조—助했을 테지요.

연구실을 뛰쳐나와 정치판에 뛰어든 그대 삼촌도 이 혼란에 일조한 것이지요.

**아베뉴 거리 여인의 옆얼굴** 루이 앙쿠탱 1861-1932 프랑스, 1888

봄날 정원에 꽃씨를 뿌려야 할 시간에 도시의 거리를 배회하고 있다면 그대의 내일은 어떻게 될는지요? 머지않아 상처를 입고 병원으로 실려 갈지도 모르는 일이지요.

산정에 올라 흐르는 땀을 씻을 때의 만족감을 맛보기 위한 결단은 각자가 풀어야 할 과제이지요. 그것은 대단한 일이 아니지요. 자기 자리에서 자기 일을 하는 것이지요.

손님 머리를 매만지는 미용사의 모습을 보며 감탄한 적이 있습니다. 자기 일에 최선을 다하는 모습이 마치 작품을 빚고 있는 조각가의 모습을 떠오르게 했지요. 이와는 반대로 친구 집을 방문할 때마다 혼자 중얼거립니다.

'너무 번잡스럽구나.'

한 점 조각이 있어야 할 자리에 여러 점이 자리다툼을 하듯 버티고 있어 그렇습니다. 많은 것이 아름다운 것이 아니지요. 있어야 할 것이 있어야 할 자리에 있을 때가 가장 아름답지요.

여기 또 다른 이야기가 있습니다.

후배를 만날 때마다 남편이 하는 일이 바뀌어 있습니다. 세상을 누비고 다니지만, 실패를 거듭하는 남편 때문에 그녀의 삶이 애처로울 정도로 고달픕니다.

조심스레 귀띔했지요.

"운이 따라주지 않아서일까? 어쩌면 천직인지도 모를 공방工房 문은 닫아둔 채 도시를 기웃거리고 있어 그런 것이 아닐까?"

인생은 멀리 보고 뛰어야 하지만 너무 먼 곳을 향해 뛰기만 하면 손안의 것마저 놓치게 되지요.

꿈이 없는 인생은 황량한 벌판에 외로이 서 있는 한 그루 겨울나무를 생각하게 하지요.

꿈은 거창한 것이 아니지요. 태어날 손녀를 생각하며 앞마당에 벽오동 한 그루를 심는 일이지요. 황금빛 가을을 생각하며 묘판에 볍씨를 뿌리는 일이지요. 자기가 아닌 다른 사람이 되려는 것은 꿈이 아니라 욕망이지요.

행복 또한 대단한 것이 아니지요. 작고 사소하고 지나가는 모든 것에 감사하는 삶에 있지요.

네덜란드인 유대계 철학자 스피노자가 말합니다.

　　"탐욕, 야심, 정욕 등과 같은 것은
　　비록 질병으로는 간주 되지는 않을지라도
　　일종의 광기다."

새삼 나를 돌아보며 묻게 됩니다. 나는 지금 광기에서 벗어나 내 자리에서 내게 주어진 삶을 살고 있는가?

안개 속 사랑  소피 앤더슨 1823-1903 영국

칠월 / 둘

# 운명은 변수變數다

그가 가진 언어가 그 사람의 세계다.
― 루드비히 비트켄슈타인

**황금 그릇** 아서 프린스 스피어 1879-1959 미국, 1921

일요화가 회원들이 삼삼오오 흩어져 이젤을 펼칩니다. 단순히 꽃과 나무를 그리려 이 산촌을 찾아온 것이 아니지요.

풍경과 인물에 새겨진 꿈과 사랑과 아픔 등을 통해 인생의 의미를 이야기하려는 것이지요.

그러기에 완성된 작품은 감상자의 시각에 따라 의미가 달라집니다. 예술작품 감상자를 제2의 창작자라 말하는 것이 여기서 비롯된 이야기이지요.

한 여인이 물감도 풀지 않은 채 앉아있습니다. 여름 하늘의 뭉게구름을 배경으로 선 한 그루 자두나무를 그려야 할지, 솟을 대문 앞에 엎디어 있는 삽살개의 평화로운 휴식을 그려야 할지 망설이고 있었지요. 일행의 화판에 밑그림이 완성될 무렵에야 물감을 풀기 시작했지요.

그녀를 보고 있노라니 변수라는 말이 떠올랐습니다. 변수는 어떤 범위 안에서 변할 수 있는 수數를 말하지요. 그녀도 아직은 어떤 그림이 완성될지 알 수 없는 변수 앞에 서 있지요.

우리의 삶도 변수라는 생각을 하게 됩니다.

절망이 희망을 흔들어 깨우고 희망이 절망에 감사하는 화해가 있기에 인생은 변수입니다.

슬픔이 기쁨을 자극하고 기쁨이 슬픔을 견제하는 긴장이 있기에 인생은 변수입니다.

두 사람이 석양에 반짝이는 징검다리를 건너고 있습니다. 한 사람은 고향의 유년 시절을 회상하며 가슴이 설렙니다. 다른 사람은 투덜댑니다. 추억할 고향이 없었던 것이지요.

삶은 한 폭의 그림을 그리는 일에 비유할 수 있지요. 정물화를 그릴지, 풍경화를 그릴지는 자신이 결정해야 하지요. 이방인으로 떠돌 것인지 귀향할 것인지, 노예로 살 것인지 자유인으로 죽을 것인지도 자신이 결정해야 하지요.

루터파와 더불어 개신교의 두 산맥 중 하나로 알려진 칼빈파의 교리에 '운명 예정설'이라는 말이 있지요. 우리의 운명은 이미 행복과 저주의 두 갈래로 정해져 있다는 것이지요.

이에 대해 사회심리학자 에리히 프롬이 내린 결론 중에서 한 문장을 골라왔습니다.

> "자아의 천대와 인간적 자존심의 파괴가
> 칼빈의 중심사상이다."

운명이란 것이 시간의 장막 뒤에서 장기놀이를 하고 있다면 우리가 구태여 고민하고 노력할 필요가 있겠는지요?

우리 앞에는 언제나 여러 갈래 길이 놓여 있습니다. 어느 길로 갈 것인지를 선택하는 일은 자기 몫입니다. 자기에게 주어진 선택권을 운명에 떠넘기는 것은 비겁한 일일 수도 있지요.

오늘은 또 어떤 길 위에서 웃을 것인지 울 것인지? 우리는 이 순간에도 운명의 변수 앞에 서 있습니다.

**흰 파라솔** 로버트 레이드 1862-1929 미국, 1907

칠월 / 셋

# 우리가 세워야 할 나라

법 위의 법, 법 중의 법, 절대적 법이 있다.
살 곳 없고 먹을 것 없고 치료받지 못하는
사람에게 도움을 주려면
법에 맞설 줄 알아야 한다는 것이 그것이다.
― 아베 피에르

올해도 어김없이 태풍을 동반한 폭우가 내리더니 잠시 소강상태입니다. 옥잠화, 금잔화, 산기슭 망초들이 안개비를 맞고 섰습니다. 언제 그랬느냐는 듯 꽃과 나뭇잎이 싱그럽습니다.

자연은 태풍의 아픔을 쉽게 잊는가 봅니다. 쓰러진 풀잎이 일어서고 휘어진 나뭇가지가 하늘을 향해 너풀거립니다.

해마다 되풀이되는 태풍 피해. 삶의 터전을 잃은 농어민 소식을 접할 때마다 되살아나는 사건이 있습니다. 1995년이던가요? 태풍 페이로 좌초된 씨프린스 호의 기름띠가 아름다운 남해 어민들을 절망케 했을 때의 일입니다.

비바람 세찬 날에는 낡은 그물을 꿰매며 바람이 잠잠해지기를 기다린 영세어민들. 그들은 투자와 수입을 기록할 금전출납부를 가지고 있지 않았습니다. 굵은 손마디와 깊게 파인 이마의 주름이 그들의 금전출납부였지요.

신문과 방송들이 연일 인재人災냐 천재天災냐를 따지며 선장을 문책해야 한다고 다그쳤습니다. 하지만 나는 보험회사의 사건처리에 화가 나서 견딜 수가 없었습니다.

투자 명세서를 제출할 수 없는 영세 어민의 피해는 보상할 수 없다며 우겼거든요.

우리 주장은 이렇습니다. 지출명세서가 없다는 이유로 영세 어민의 피해를 보상에서 제외하면 안 된다는 것이지요. 기업 어민에게 천만 원을 보상할 때 영세 어민에게도 단돈 몇십만 원에 해당하는 소액일지라도 보상해야 한다는 것. 이것이 우리가 주장하는 평등이요, 정의이지요.

인간을 위한 법은 인간적이라야 합니다. 약한 자를 차별하고 소외시킨다면 정의로운 법이라 할 수 없지요.

성문화成文化된 법보다 관습법慣習法을 높이 평가하는 것은 거기에 법철학 정신이 담겨 있기 때문이지요. 차별과 소외의 골을 깊게 하는 조항이 만들어질 때마다 부익부富益富 빈익빈貧益貧의 골이 깊어질 수밖에 없지요.

독일 출신 페테르 에르베가 〈우리는 신이다〉에서 말합니다.


"참된 정의란 존재하는 모든 것에 대한 허용이다."


입법자가 기득권자일 때 정의는 위장되고 서민의 행복은 외면당합니다. 약한 자를 보호하고 가진 자를 감시하는 것이 아니라 약한 자를 절망케 하고 가진 자를 웃게 하기에 그렇습니다.

우리는 기업 어민과 영세 어민이 같은 액수의 보상을 받아야 한다고 우기지 않습니다. 피해당한 액수만큼 보상해 주기를 요구하는 것이지요.

이것이 우리가 세워야 할 나라입니다.

아침 필립 칼데론 1833-1896 영국, 1884

칠월 / 넷

# 이제는 자기사랑

자기 자신과 화해하는 것,
그것이 바로 행복의 열쇠다.
— 크리스토프 앙드레

프랑스인 뒤발 뤼시엥(1918-1984) 신부의 자전적 이야기 〈달과 놀던 아이〉를 읽고 충격을 받은 적이 있습니다.

저녁기도를 드리고 잠자리에 들었던 소년. 예수회에 입회하여 신부가 된 신심 깊은 수도자. 작사와 작곡은 물론이고 24년간 유럽 4개국을 누비며 2천 번 넘게 콘서트 무대에서 노래를 부른 샹송 가수. 레코드 판매 수입과 출연료 수익금 전부를 수도원에 안긴 예수회 신부.

그랬던 뤼시엥 신부가 구급차에 실려 알코올중독자 치료센터에 도착합니다. 두 번째 실려 온 그를 본 사람이 말합니다.

"뤼시엥, 자신을 사랑하시오."

이 한마디가 그를 깊은 잠에서 깨어나게 합니다.


그는 부모와 신학교와 수도원에서 같은 말만 들어왔습니다.

"하느님을 사랑하고 이웃을 내 몸처럼 사랑하라."

뤼시엥 신부가 드디어 이 말의 허구성을 깨닫고 자신을 학대해온 시간을 돌아봅니다.

콘서트를 끝내고 차를 몰아 돌아오는 늦은 밤, 물에 젖은 빨래감처럼 흠뻑 젖어 비틀거리며 수도원에 도착합니다. 모두 잠든 수도원에는 밤의 정적만 흐를 뿐 그를 따뜻하게 맞아주는 동료는 없었습니다.

포도주로 허기와 고달픔을 달래며 뒤척인 후 다음 날 또 차를 몰아 이웃 나라에 도착해 무대에 서서 노래를 부릅니다.


그는 알코올로 자신을 학대해온 사실을 깨닫고 울었습니다. 알코올 중독의 늪에서 벗어난 그가 말합니다.

**와인 잔을 든 여인**  필립 메르시에 1689-1760 독일

"자기 자신을 사랑하지 않고서
타인을 사랑하는 것은 하나의 질병이다.
이 질병은 인간을 술로 이끌어간다.
인간을 사랑하지 않고서 하느님을 사랑하는 것은
맹목적이며 편협하고 고집스러운 신앙이다."

〈달과 놀던 아이〉는 뤼시엥 신부가 알코올중독자를 돕기 위해 자신의 중독과 치유 과정을 숨김없이 기록한 책입니다.

그가 전합니다. 초기 알코올중독자는 자기 병을 합리화하려고 이유를 찾는데 대부분이 자신을 비난하는 내용입니다.

"원인은 나에게 있다, 나를 방어할 줄 몰랐다,
나는 용기가 부족했다, 나는 내 권리를 몰랐다,
나는 좋지 못한 직업을 택했다."

뤼시엥 신부가 덧붙입니다. 이런 식으로 자기 비난을 위로 삼아 알코올의 유혹에서 헤어나지 못하는 중독자는 원망할 대상을 찾게 된다고 합니다.

"내 주인 때문이다, 내 마누라 때문이다, 의사 때문이다, 상황이 너무 힘들었기 때문이라는 등."

책을 덮으며 내린 결론입니다.

자신을 사랑하는 사람은 남의 눈치를 보느라 악몽에 시달리며 자신을 학대하지 않는다는 것을. 자신을 사랑하는 사람은 술이나 약물의 진흙탕에 자신을 내던지지 않는다는 것을.

자신을 사랑하는 사람은 아름다운 것에 감동하고 작은 일에도 감사하지요. 우주의 신비에 귀를 기울이지요.

"자기를 희생하는 것이 최고의 선善이다."

이런 식의 교리가 한 인간의 삶에 각인되면 뤼시엥 신부처럼 외로워도 외로움을 감추느라 영혼이 아픕니다. 추스를 수 없을 정도로 육신이 아파도 쉬겠다고 말하지 못합니다. 술로 하루하루를 버티며 일터로 나갑니다.

자기를 사랑하는 일은 이기주의가 아니지요. 그러니 당연히 죄가 될 수 없지요. 내가 없는 하느님, 내가 없는 이웃이 있기나 한지요.

지난밤 잠 못 이뤄 뒤척였는지요? 아직도 무게로 남은 삶의 등짐 속에 자기는 없고 타인만 있다면 내려놓아야지요. 자신을 학대하면서 이웃을 사랑하는 일은 자기를 기만하는 일이 될 수 있지요.

베르텔 바르데츠키가 〈너는 나에게 상처를 줄 수 없다〉에서 말합니다.

"자신을 사랑하라. 그러면 인생도 당신을 사랑하리라."

# 팔월 八月

바람과 풀꽃과 물안개 춤에
눈을 뜬 이른 아침.
이 순간의 상쾌함이
오랜 세월 찾아 헤맨
행복이었습니다.

팔월 / 하나
## 사랑의 화수분

사랑은 뻗어가야 한다.
사랑의 정신으로 주는 것은 줄지 않고
오히려 늘어나는 이유가 여기에 있다.
— 페테르 에르베

보름달이 떠오르면 산하山河는 또 다른 모습으로 아름다움을 드러냅니다. 강은 은물결로 반짝이고 물안개가 잣나무 숲을 향해 피어오릅니다. 미루나무 가지들이 서로 어깨를 맞대고 연주하는 이중창도 들립니다.

바람과 풀꽃과 물안개 춤에 눈을 뜬 이른 아침의 상쾌함이 내가 찾아 헤맨 행복이었던 것을 뒤늦게 알게 되었지요. 이제 헛된 꿈을 꾸며 여기저기 기웃거리는 일은 없을 것입니다.

그 안에 물건을 넣어두면 새끼를 쳐서 끝없이 나온다는 화수분. 재물이 자꾸 생겨 아무리 써도 줄지 않는다는 화수분. 우주 삼라만상은 아름다운 화수분입니다.

아우구스티누스 성인聖人이 말했지요.

"예수님께서 보리빵 다섯 개로 오천 명을 먹이신 기적은 씨앗이 매일 행하는 기적들에 비하면 아무것도 아니다."

처음 이 문장을 대했을 때 어리둥절했지요. 번역하는 과정에서 오류가 생긴 것이 아닐까 의심하기도 했지요. 한참 지나 성인의 깊은 뜻을 이해하고는 부끄러웠습니다.

흐르는 구름과 능선을 넘어서는 바람에서 창조주의 손길을 보지 못하는 우리가 얼마나 안타까웠겠는지요. 세상이 온통 기적인 것을 소리 높여 외치고 싶었던 것이지요.

겨울잠에서 깨어난 청개구리의 합창을 들으며 우주 삼라만상이 얼마나 황홀한 기적인지를 느끼지 못하고 방언하기를 바라고 환상 보기를 바라는 우리가 얼마나 어리석어 보였겠는지요.

**러브레터** 데이비슨 놀스 1852-1901 영국

자연을 화수분으로 빚은 창조주가 우리에게도 사랑의 화수분이 되어 나날이 기적을 행하기를 원하고 계신 것을 널리 알리고 싶었겠지요.

　세상 만물이 모두 사랑할 대상이지요.
　행복은 거창한 것이 아니지요. 허기진 산속 짐승을 생각하며 눈밭에 먹이를 나를 때, 봄날 내리는 실비를 맞으며 꽃씨를 뿌릴 때 느끼는 만족감. 소박하고 잔잔하게 피어오르는 것에서 행복을 찾아야 하지요.
　사랑을 꽃피울 수 없으면 어떻게 될까요? 허무감에 빠져 세상을, 이웃을 원망하게 되겠지요. 그러기에 사랑도 끊임없이 퍼내야 맑게 고이는 화수분이라야 하지요.

　사랑은 아픔이기도 하지요.
　주고도 한없이 주고 싶은 영혼의 갈망이 사랑이니 아픔인 것은 당연하지요. 사랑의 아픔이 숭고할 때 가슴을 뛰게 하는 한 편의 드라마가 완성되지요.
　아픔은 없고 즐거움만 있다면 그것은 사랑으로 착각되고 있는 놀이이지요.
　준 만큼 받아야 하는 것이 사랑이라 우기면 슬퍼해야 할 일이지요. 값을 지불하고 쇼핑백에 담아온 진열대의 상품과 다를 것이 없으니까요.

재클린의 초상  루이 웰든 호킨스 1849-1910 독일 출신 프랑스 화가

팔월 / 둘

# 예수재 豫修齋

당신은 시간을 구원으로 가는 수단으로 알지만
시간이야말로 구원을 방해하는 가장 큰 장애물이다.
그곳으로 갈 수 있는 지점은 '지금 여기'에 있다.

– 에크하르트 톨레

160  이제는 자기사랑

산길을 오르는데 인적이 드문 오솔길에 '예수재' 신청받습니다'라는 현수막이 걸려 있었습니다. 숲속 어딘가에 교회에서 운영하는 기도원이라도 있으려니 했지요.

얼마를 더 올라가니 산속 절집 앞에 친절하게도 미리 예豫, 닦을 수修, 재계 재齋라는 한자로 쓰인 현수막이 걸려 있었습니다.

불교 의식에 죽은 사람의 영혼을 극락으로 보내드리는 천도제薦度祭라는 제례가 있지요.

친구 어머니 천도제에 참례하여 나비춤 바라춤 법고춤 등의 불교무용을 처음 대하고 신비감에 빠진 적이 있었기에 예수재豫修齋의 뜻이 궁금했습니다.

쉽게 설명하면 예수재는, 죽은 후 극락에 가기를 바라며 살아 있는 자기가 미리 올리는 제사였습니다.


부귀를 헌신짝처럼 버리고 생로병사의 고통에서 해탈하기를 바란 석가모니가 죽음 후의 저세상을 현세의 삶보다 소중하다 했겠는지요?

석가는 이렇게 말씀하실 것입니다.

"죽어서 좋은 곳에 가기를 원하는 그 마음까지도 버려라. 그것이 해탈의 첫걸음이다."

석가가 이 세상 삶에서 도망치라 부추기시겠는지요. 저세상에서의 영혼 구원을 위해 이 세상 불의와의 싸움은 친구에게 맡기고 기도나 하고 있다면 책임 회피이지요.

석가는 이 세상 기쁨이 저세상 웃음이고 이 세상 욕망이 저세상 눈물이라 하실 것입니다. 죽음 앞에서 서러워하는 우리를 위로하며 이렇게 말씀하시겠지요.

**영혼의 시** 루이 장모 1814-1892 프랑스, 1854

"모든 생명은 세상 아름다움을 위해 피어난 한 떨기 꽃이었던 것. 주어진 삶을 살아낸 것만으로 이미 그대는 저세상에서 편히 쉴 자격이 있으니 걱정하지 말고 떠나라."

신의 이름이 다르고 교리가 달라도 모든 신앙인은 믿고 있지요. 육신은 죽어 흙으로 돌아가도 영혼은 영원하리라는 것을.

언제쯤이면 모든 신앙인이 죽음 후를 걱정하는 마음을 내려놓게 될는지요.

나는 죽음 후를 걱정하지 않습니다. 지금 제대로 살고 있는가를 걱정합니다. 살아온 날들, 내가 사랑한 사람들, 손때 묻은 찻잔과 아직도 여백으로 남아 있는 원고지들. 이 모든 것을 두고 떠날 것에 대해서도 걱정하지 않습니다.

백 년이 더 주어진다 해도 인생은 어차피 미완성이지요. 못다 이룬 것에 대한 미련은 미련일 뿐, 내 몫은 아니지요.

프랑스 사상가 몽테뉴가 말합니다.

"그대가 인생에서 소득을 보았다면
그대는 거기에서 포만했다. 만족해서 물러가라."

포만은 완성되었다는 뜻이지요. 완성되었는데 저세상을 걱정할 일이 있겠는지요. 삶의 순간순간이 자신을 위한 예수재라 여긴다면 내세를 걱정할 일은 없겠지요.

꽃들 사이 오솔길　찰스 커란 1861-1942 미국

팔월 / 셋
## 산을 오를 때마다

자연 속에서 발견되는 진리 이외의
다른 진리는 존재하지 않는다.
— 루터 버뱅크

새벽안개를 헤치며 지리산 비리飛離 계곡을 오릅니다. 목욕하러 내려왔던 선녀가 나무꾼과 살다 딸을 두고 천상으로 돌아간 이별 계곡, 그래서 비리내라 불렀다고 합니다.

그 전설의 계곡이 이곳이라니 믿어지지 않습니다. 그랬을 테지요. 개발 이전의 이곳은 깊고 푸른 계곡이었을 테지요.

"너만이 밤나무냐? 나도 밤나무다."

이렇게 소리쳐 이름을 얻었다는 나도밤나무 가지들이 계곡 길섶에서 너풀거립니다. 여름 산의 향긋함에 취해 발길을 멈추고 구름이 흘러가는 하늘을 우러러봅니다.

산을 오를 때마다 프랑스 사상가 파스칼의 말이 떠오릅니다.

"자연은 모든 것을,
심지어는 신학까지도 상징할 수 있다고 말하는 사람은
참으로 자연을 존중하는 사람이다."

혼자 산을 올라본 적이 있는지요? 세월을 헤아릴 길 없는 아름드리 거목 위에 날개를 펼친 뭉게구름의 유유자적悠悠自適을 보며 자유가 얼마나 소중한지를 알게 될 것입니다.

두려움을 잊은 채 산새 등에 앉아 졸고 있는 잠자리의 무심無心을 보며 두려움을 놓아버리면 두려워할 일이 없다는 것을 알고 마음이 평화로워질 것입니다.

이끼 푸른 바위에 꽃을 피운 풀꽃의 춤을 보며 더불어 사는 세상, 서로를 인정하는 배려가 얼마나 아름다운지를 보게 될 것입니다.

존 쿠퍼 포우어스가 〈고독의 철학〉에서 말했지요.

"자연의 천상적天上的 아름다움은
생명을 걸고 추구할 가치가 있는 것만은 분명하다."

이렇게 말한 포우어스는 분명 산속 계곡에 발을 담그고 느꼈겠지요. 빛과 소리와 시간과 공간까지를 모두 하나로 아우른 창조주의 손길을 느끼고 감탄했겠지요. 악을 선으로 바꿔놓는 창조주의 사랑을 발견하고 오랜 방황에 마침표를 찍었겠지요.

물질의 풍요 속에서도 목이 타는 현대인의 갈증. 이 갈증을 풀기 위해서는 우리 자신이 푸른 숲이고 부드러운 흙이고 밀밭에 넘실대는 한 줄기 바람이라야 하지요.

아이들의 선함을 지키려면, 언덕을 스치고 지나가는 가을바람 소리와 불타는 석양의 아름다움과 강마을에 내리는 밤안개의 춤을 보게 해야 합니다. 그러기 위해 지하 찻집에서 그들을 불러내야 합니다.

자유의 상징인 자연에서 우주의 신비를 본 사람은 누군가 남긴 다음 말에 고개를 끄덕이게 될 것입니다.

"자연이 곧 신이다."

어머니와 어린 딸　오스카 글라츠 1872-1958 헝가리

팔월 / 넷

# 하느님이 모든 곳에 계실 수 없어

자녀에게 있어
어머니보다 더 훌륭한
하늘로부터의 선물은 없다.
— 에우리피데스

**버려진 인형**  에밀리오 사라 1859-1910 스페인

마지막 열기를 식히려는 듯 여우비가 지나간 하늘에 무지개가 떴습니다. 사람들이 탄성을 지릅니다. 모든 시름을 뒤로하고 희망의 징조에 들뜹니다. 행복이 별것이겠는지요. 이런 기쁨의 순간이지요.

모두가 탄성을 지르는 무지개의 아름다움. 그런데 내 시선은 슬픕니다. 보육원 뜰 등나무 아래 홀로 앉아있는 아이의 젖은 눈빛 때문에 가슴이 저립니다.

추억은 책갈피에 숨겨놓은 꽃잎처럼
인생을 감미롭게 하지요

추억은 첫눈의 설렘처럼
얼어붙은 가슴을 따뜻하게 하지요

하지만 오늘 저 아이의 아픔과 고달픔이 훗날 인생을 감미롭게 하는 추억이 될 수 있겠는지요. 지금 어머니를 기다리는 저 아이의 눈물이 가슴을 설레게 하는 추억이 될 수 있겠는지요.

울고 있는 아이의 눈물을 씻어줄 어머니, 저 아이의 어머니는 내일이 아니라 오늘 돌아와야 합니다. 내일까지 저 자리에 앉아 어머니를 기다리며 울고 있지는 않을 테니까요.

겨울바람이 세차게 불면 낙엽이 모여 바람이 멎기를 기다립니다. 낙엽 위에 하얀 눈이 내려 꽃을 피우는 부엽토가 되게 하는 곳, 그곳이 가정이지요. 꽃이 꽃을 만나면 꽃동산이 되지요. 수줍게 핀 한 송이 꽃도 아름답지만, 무리로 핀 꽃이 더 아름답지요. 그 아름다움이 가족이라는 이름의 아름다움이지요.

눈만 뜨면 귀만 열면 사랑의 홍수에 빠집니다. 라면 봉지에, 음료수 캔에까지 사랑의 문구가 흘러넘칩니다. 그러나 오늘 보육원 아이에게 필요한 것은 현란한 사랑의 문구가 아니지요. 쓰러지고 쓰러져도 들풀처럼 일어서는 어머니의 사랑이지요.

폴 퀴네트가 〈인생의 어느 순간에는 반드시 낚시를 해야 할 때가 온다〉에서 말했지요.


"우리에게는 고향, 가족, 인종, 종교 등
돌아갈 수 있는 난간이 필요하다.
이런 것 없이는 우주의 미아가 될 위험이 있다."


보육원 아이의 젖은 눈빛을 잊을 수 없어 묻게 됩니다.
"저 아이가 잡고 일어설 난간. 저 아이의 어머니는 지금 어디에 계신지요?"

**기둥의 꽃들** 앙리 크로스 1856-1910 프랑스

팔월 / 다섯

# 인간관계

어리석은 자 때문에 괴로움을 겪지 말라.
바보를 알아보지 못하는 사람은 스스로가 바보다.
바보인 줄 알면서 멀리하지 못한다면
자신을 더 큰 바보로 만드는 것이다.
— 발타자르 그라시안

**여름 소나기** 찰스 에드워드 페루지니 1839-1918 이탈리아 출신 영국 화가, 1888

사람이 사람을 만나는 것을 한마디로 줄인 말이 삶이지요. 이 때문에 누구를 만나느냐에 따라 삶의 질이 달라진다 해도 지나친 말이 아니지요.

하루를 시작하면서 우리는 많은 사람을 만납니다. 얼굴을 붉히고 돌아서면 그만인 가벼운 만남도 있지요. 하지만 외면하고는 살 수 없는 만남 때문에 하루가 고달프지요. 때로는 며칠을 두고 불쾌한 감정에 시달리기도 하지요.

후배가 다짐했습니다. 친구에 대한 섭섭한 감정을 쏟아놓으며 수첩에서 당장 이름을 지우겠노라 합니다. 두 번 다시는 만나지 않을 테니 증인이 되어 달라고까지 합니다.

그런 일이 있은 얼마 후, 결별한다던 친구와 즐거운 표정으로 거리를 활보 중인 그녀와 맞닥뜨렸을 때의 당혹감. 그 순간 알아차렸지요. 문제의 주인공이 바로 그녀 자신이었음을.

수습기자들을 환영하는 자리에서 말했지요.

"퇴근 후 동료들과 술집에 앉아 회사에 대한 불평을 쏟아내는 일로 시간을 낭비하지 마세요. 왜냐하면 시간은 기다려주지 않으니까요. 자기 계발에 투자해야지요."

그때 더할 수 없이 선량한 모습의 A가 의외라는 표정을 지으며 말했습니다.

"선배님, 너희들 인생을 회사를 위해 바쳐라. 그렇게 말씀하실 줄 알았는데요."

그는 청춘을 바쳐, 인생을 바쳐 정년까지 기자정신으로 살 것처럼 주어진 일에 최선을 다했습니다.

**다리 위 소녀들**  에드바르트 뭉크 1863-1944 노르웨이, 1902

더할 나위 없이 성실하고 믿음직스러웠는데 동료와의 인간관계에 휘말려 30대 후반에 퇴직해야 했지요. 그때 내 말의 뜻이 생각나기나 했을까요?

인간관계에서 한 번도 갈등한 적이 없었다니요?
지금 거짓말을 하고 있거나 아니면 자신을 속이고 있는 것이지요. 적당한 갈등은 웃어넘길 수 있지만 그렇지 못한 경우는 불편한 느낌에 시달려 삶이 불안정하게 됩니다.
내게도 그런 일이 있었습니다. 그때 수첩 귀퉁이에 적힌 메모에서 용기를 얻은 적이 있었지요.

세상에는 우리가 피하는 게 당연한 사람도 있다.
거기에 대해 죄책감을 느낄 필요는 없다. 〈필립 시먼스〉

소중한 나를 지키기 위해서는
때로 단호하게 관계를 끊어야 한다. 〈베르텔 바르데츠키〉

인간관계는 그림을 그리는 일에 비유할 수 있지요. 세상에는 미완성 작품이 얼마나 많은지요. 아무리 덧칠을 해도 작품이 될 가능성이 보이지 않을 때가 있지요. 그럴 때는 잠시 붓을 놓고 완성할 것인지 포기할 것인지를 결정해야 하지요.
인간관계도 다를 것이 없지요.
'이건 아니야'라는 생각이 깊어져 헤어질 결심을 하고 있다면 죄책감에 시달릴 필요는 없습니다. 왜냐하면 그때의 관계 청산은 오히려 상대를 위한 배려에 속하니까요.

산을 좋아하는 나보다는 바다를 좋아하는 그에게 함께 백사장을 거닐 친구를 만나 삶을 즐길 수 있도록 시간을 앞당겨주는 결단이니 죄스러워할 일이 아니지요.

인생은 길다면 길지만 짧다면 한없이 짧지요. 지금 괴로워하면서도 머뭇거리고 있다면 인생을 낭비하고 있는 것이지요.

〈가슴 뛰는 삶을 살아라〉에서 다릴 앙카가 말했지요.

> "파장이 맞지 않아서 서로 다른 길을 가는 것은
> 바람직한 일에 속한다."

그렇습니다. 세상은 넓지요. 이 길이 아니면 다른 어떠한 길도 없다는 생각이야말로 자기 인생을 캄캄한 동굴에 가두는 일이지요. 많고 많은 사람 가운데 나와 파장이 맞는 사람을 왜 만날 수 없겠는지요.

꽃 피는 봄날 함께 여행을 떠날 친구가 왜 없겠는지요.

덕수궁 돌담길을 함께 산책할 친구가 왜 없겠는지요.

인사동 거리를 함께 기웃거릴 친구가 왜 없겠는지요.

# 구월 九月

강촌의 잔물결이
금빛으로 반짝이는
고요와 잔잔함으로
인생의 황혼을 맞고 싶습니다.

저물녘, 수국 옆에서  프랭크 데쉬 1873-1934 미국, 1925

구월 / 하나
# 아름다운 석양처럼

우리에게
아름다움을 안겨주는 창조적인 영혼들이
우리에게 가장 소중하고 귀한 존재들이다.
— 데이빗 J. 쿤디츠

권태로움이 끝없이 펼쳐진 검은 숲의 터널 끝, 여름이 마감되는 그곳에 갑자기 아름다운 해안 풍경이 펼쳐질 때의 황홀감. 가을은 그렇게 우리 앞에 성큼 다가옵니다.

가을은 하얀 들꽃이 지천으로 깔린 산자락의 잔잔함으로 여름 더위에 지친 영혼에 생기를 불어넣는 계절이지요.

가을은 갈색 물감을 찍어 화폭을 향해 붓을 든 순간의 고요이며 완성의 계절이지요.

가을은 깊은 밤 익은 열매들이 풀숲에 떨어질 때의 둔탁한 울림을 듣는 풍요의 계절이지요.

이처럼 계절은 여름보다 가을이 더 아름다운데 우리는 왜 황혼을 바라보는 나이가 되면 아름다움과 점점 멀어질까요? 물질에 대한 집착이 강해지고 이해력이 낮아지고 변화를 두려워하며 허무감에 시달리게 될까요?

프랑스 작가 앙드레 모루아가 말합니다.


"노인이 필연적으로 외롭다는 말은 맞는 말이 아니다.
이기적이고 인색하고 머리가 멍하다면
그야말로 접근하는 사람이 하나도 없을 것이다."


인색하지 않고 투덜대지 않는 노년이라면 젊은이가 따를 것입니다. 노인의 경험에서 삶의 지혜를 얻을 수 있기 때문이지요. 바람직한 인류의 발전은 노년의 경험과 청춘의 열정이 조화를 이룰 때 가능하지요.

젊은이들이 찾고 있습니다. 등짐을 내리고 쉬어가고 싶은 벌판의 한 그루 나무 같은 선배를.

**사랑의 시선으로** 베르톨트 볼체 1829-1896 독일

찬비 내리는 벌판에서 가지 넓은 한 그루 나무를 만났을 때의
아늑함, 젊은이에게는 그런 인생의 선배가 필요합니다.

어느 젊은이가 이별 앞에서 슬퍼할 때 어깨를 다독이며 이렇
게 말할 수 있는지요.
"아직도 많이 사랑하고 있구나."
이 한마디로 가슴의 응어리를 녹아내리게 하는 선배, 슬기롭
게 살아온 인생의 선배를 어디 가면 만날 수 있는지 젊은이들이
묻고 있습니다.
누구나 살아가면서 어디로 가야 할지를 몰라 난감할 때가 있
지요. 그때 달려가 만날 수 있는 선배가 있으면 행운이지요.

강마을을 붉게 물들이며
뉘엿뉘엿 산마루를 넘는
불타는 노을을 바라봅니다

아름다운 항구의 석양처럼
저물녘 고즈넉한 금빛 물결처럼

고운 물감으로 색칠을 끝낸
한 폭의 그림 같은 노년이기를.

눈송이 모형 릴라 거느니 거닌 1881-1942 미국, 1890

구월 / 둘

# 마지막까지 쟁기질을

보통 사람은
시간을 소비하는 것에 마음을 쓰고
재능 있는 사람은
시간을 이용하는 것에 마음을 쓴다.
― 쇼펜하우어

가을이면 소리가 들립니다.

석류 알이 진홍의 노래를 부르며 금속 찻잔에 쏟아질 때의 소리, 낙엽송 잎들이 우수수 바람에 날리는 소리, 창밖에서 울어대는 풀벌레 소리. 바람에 떨리는 문풍지 소리, 창호지에 어른거리는 다듬이질 소리.

이 소리들이 가을을 더욱 청랑清朗하게 하던 시절이 있었지요.

인생에도 가을이 오지요. 가을을 맞이한 노년의 모습도 가을 소리처럼 가지각색이지요.

오솔길을 산책하며 들꽃의 아름다움에 감탄하는 노년, 햇빛 찬란한 대낮에 커튼을 내리고 원망에 묻혀 지내는 노년, 괘종시계를 쳐다보며 누군가를 기다리는 노년, 허망의 옷자락에 매달린 적막한 노년 등.

여류작가 미우라 아야꼬가 말했지요.

"허무 뒤에 신이 있다."


신이 누구입니까? 우리 자신이 성전聖殿이라는 말이 있지요. 그러니 신을 찾아 거리를 헤매지 말고 자기 영혼에 속삭이는 신의 목소리에 귀를 기울이라는 뜻이지요.

추녀 끝 풍경을 울리고 지나가는 바람에서 신의 옷자락 펄럭임을 볼 수 있다면 허무를 뛰어넘을 수 있지요. 우리를 감동케하는 모든 풍경이 신이 보내는 미소이지요.

허무를 싸구려 명예로 위장하거나 비단옷과 보석으로 감출 수 있다고 착각하면 허무를 뛰어넘기 어렵지요.

노년은 인생을 사색할 시간이지요. 사색하는 삶이란 가을꽃 같은 미소로 고즈넉함을 즐기고 있는 노년을 말하지요.

**아침 햇빛** 해롤드 나이트 1874-1961 영국, 1913

돌이켜보면 노년은 새로운 인생을 구가謳歌할 수 있는 절호의 기회이기도 하지요. 그동안 없어도 있는 척, 몰라도 아는 척 허세虛勢를 부리며 살아온 날이 얼마나 많았는지요.

노년이 외롭다는 것은 의탁했던 누군가로부터 버림받았다는 생각 때문이지요. 하지만 아무도 노년을 버리지 않았습니다. 혼자인 지금 그 자리가 노년의 자리이지요.

청년은 사랑을 사랑하고 장년은 일을 사랑하지요. 그것이 인생의 시간표이지요. 청년의 시간은 아침이고 장년의 시간은 한낮이며 노년의 시간은 서쪽 하늘을 붉게 물들이는 석양에 해당하지요.

자기 자리에 당당히 서 있는 모습. 그것이 노년의 자존심이라야 하지요.


평화로운 노년의 삶은 하루아침에 이루어지지 않지요. 혼자 나선 산책길에서 이름 모를 산새를 만나 발길을 멈추는 일, 혼자 비발디의 사계를 들으며 우주의 신비에 빠져드는 일 등. 세상에는 혼자 즐길 수 있는 일이 얼마나 많은지요.

한 포기 들꽃의 미소에서, 한 마리 산새의 노래에서 생명의 신비를 느낄 수 있는 감성. 그런 감성을 지닌 노년은 혼자라도 외롭지 않지요.

창조적인 노년도 적지 않습니다.

공방에서 물레를 돌리는 일흔의 장인, 멍석을 짜는 손마디 굵은 농부, 골목길을 비질하는 옆집 할머니. 이슬비를 맞으며 밭두렁을 짓고 씨앗을 뿌리는 젊은 농부, 피리를 불며 양 떼를 돌보는 목동. 이들의 삶은 아름답습니다.

쌓아두려는 삶이 아니라 나누려는 삶이기에 아름다운 것이지요. 가져가려는 삶이 아니라 남겨 놓으려는 삶이기에 아름다운 것이지요.

이 가을, 애잔한 창밖 귀뚜라미 울음소리를 들으며 묻습니다. 우리는 왜 죽는 순간까지 쟁기질을 멈추지 말아야 하는가?

혁명가 주세페 마치니가 들려주는 답입니다.

> "이 지상은 우리 노동의 터전이다.
> 따라서 우리는 그것을 저주할 것이 아니라
> 신성하게 만들어야 한다."

그렇습니다. 노동은 신성하지 않은 것이 없습니다. 볍씨를 뿌리는 농부, 금맥을 찾아가는 광부, 오선지에 음표를 그리는 작곡가…….

흐르는 구름과 길섶에 핀 풀꽃과 계곡에 피어오르는 물안개까지 모두 신성한 노동에 동참하고 있어 오늘도 세상이 아름다운 것이지요.

바느질하는 여인  메리 카사트 1844-1926 미국

구월 / 셋

# 돛대를 손질하며

언제라도 '안녕'이라 말할 수 있는 마음의 준비와
여분의 삶을 뜻밖의 선물로 받아들이는 마음으로
그렇게 삶을 살아야 한다.
— 마르쿠스 아우렐리우스

**어린 플루트 연주자**  요한 밥티스트 레이터 1813-1890 오스트리아

꽃밭 모퉁이에 가을꽃이 무리 지어 피었습니다. 아름다운 가을꽃을 보노라니 문득 지하철 맞은편에 잔잔하게 앉아있던 노부인의 모습이 떠오릅니다.

아름답다는 형용사가 노년에게는 어울리지 않는지요? '원만하게 조화되어 감각이나 감정에 기쁨을 느끼게 하는 것'이 아름다움이라면 노인도 아름답다는 찬사를 누릴 자격이 있지요.

인생을 관조하는 모습에, 타인을 포용하는 모습에 젊은이들이 고개를 숙인다면 아름다운 노년이지요.

아름다운 노년의 삶은 윤기 흐르는 악기를 닮았지요. 남김없이 태운 사랑의 불꽃이, 아픈 세월을 승화시킨 기도가 나이테가 되어 물결무늬를 이룬 악기는 아름다운 한 폭의 그림을 대할 때와 같이 감동을 주지요.

그 감동은 반짝이는 보석 목걸이와 비취반지에 비길 바가 아니지요. 밍크 목도리와 무스탕 코트는 더더욱 아니지요.

산자락에 집을 짓고 10년을 살았던 곳. 그곳을 찾아갈 때의 감회는 마치 고향을 찾아가는 설렘이었습니다.

떠나온 지 겨우 3년이 지났는데 그곳 인심은 변해 있었습니다. 승용차 한 대가 겨우 지나갈 정도로 좁은 시골길에 자물쇠를 채운 쇠사슬이 길을 막고 있었습니다.

'차단된 길 위쪽에 네 가구가 살고 있는데 이럴 수가?'

서글픔이 밀려왔습니다. 윗집과의 감정싸움인지, 길에 들어간 땅에 대한 정부의 보상을 기다려서인지 이유를 알 수 없다며 마을 사람 모두 고개를 저었습니다.

프랑스 철학자 몽테뉴의 말이 생각났습니다.

"인색한 것도 노인에 있어서는 하나의 질병이다."

몽테뉴는 이렇게도 말했지요.
"그대는 죽음이 임박했는데도 무덤 생각은 하지 않고 대리석을 깎으며 집을 짓는다."
무덤을 생각하는 삶이란 인생의 가을을 맞아 곳간에 쌓인 먼지를 치우는 삶을 말하지요. 깊은 밤 책상 앞에 앉아 지난날을 회상하며 유언을 남기는 삶을 말하지요.
"빈손으로 와서 빈손으로 떠나는 것이 인생이느니. 많이 가지려 다투지 말라. 크리스탈 잔을 다루듯 작은 것을 소중히 여기는 삶이 주위를 따뜻하게 하느니."
젊은이에게 인생을 반짝이게 할 한 줄 유언을 남기는 모습이 무덤을 생각하는 노년의 삶이 되어야겠지요.

우리는 자주, 인생을 정리해야 할 늦가을인데도 탐욕의 깃발을 흔들고 있는 노년을 만날 때가 있습니다.
땀에 젖은 모습으로 일터에서 돌아오는 모습에서는 삶의 열정을 느낄 수 있지만 노탐老貪에 젖어 주먹을 움켜쥔 노년을 만나면 서글픔이 밀려오지요.
그날 좁은 시골길을 쇠사슬로 가로막은 팔십 대 할머니의 모습이 지워지지 않아 돌아오는 내내 발길이 무거웠습니다.
세상에 내일 종말이 온다 해도, 오늘은 한 그루 사과나무를 심으리라는 말이 있지요.

죽는 순간까지 사랑하고 가꾸고 나누는 마음으로 살아야 한다는 뜻이지요. 하지만 높은 돌담을 쌓고 사과나무를 심으면 어떻게 되겠는지요. 바람이 막힌 돌담 안에서는 과일이 제대로 영글 수가 없지요.

욕망의 돌담에 갇힌 노년의 삶 또한 이와 다를 것이 없지요. 쇠락한 모습으로 혼자 석양 앞에 우두커니 서 있겠지요.

우리는 아무도 이 세상 삶을 마감하고 저세상으로 떠날 시간을 모릅니다. 죽는 순간까지 삶의 끈을 놓지 말고 아름다움에 감탄하며 살기를 바라는 창조주의 배려일 테지요.

페르시아 신비주의 시인 루미가 말했지요.

"죽음은 불멸과의 결혼식이다."

가을이 깊어가고 있습니다. 가을에는 그분이 부르면 언제라도 떠날 수 있도록 돛대를 손질할 때입니다. 지는 해처럼 삶을 아름답게 마감하기 위해 묻곤 합니다.

언제라도 떠날 수 있도록 돛대는 손질해 두었는지?

구월 / 넷

# 청빈淸貧의 아름다움
— K 신부님께 띄우는 첫째 편지

사람에게서 재산을 박탈하는 것은
사실상 하나의 해방인 것이다.
— 하비 콕스

어딘가로 떠나고 싶었습니다. 침묵의 세계가 그리웠습니다. 그때 후배가 갈멜수도원을 일러주었습니다.

인천 계산동 언덕에 자리한 갈멜수도원에 도착했을 때는 가만히 앉아있어도 등줄기에 땀이 흘러내렸습니다.

넓은 경내가 침묵에 잠겨 있었지요. 시간이 한참 흐른 후, 저녁나절 까치 떼의 요란한 날갯짓 소리에 수사님이 창문을 열어본 것이겠지요.

손등과 발등까지를 덮은 무거운 흑갈색 수도복을 입은 수사님이 등나무 아래서 땀을 식히고 있는 제게 다가왔습니다. 피정을 신청한 저를 안내하러 오셨지요

덥다는 느낌을 부끄럽게 하는 수사님의 평화로운 모습을 보는 순간 죄송스럽게도 세모시셔츠 모습으로 동분서주하고 계실 신부님 모습이 떠올랐습니다.

자비의 순교자로 불리는 꼴베 성인이 남기신 말씀을 신부님도 기억하시리라 믿습니다.

"청빈은 우리의 재산이다. 청빈과 정결은 어떠한 조건 아래서도 포기할 수 없다. 청빈과 섭리에 대한 믿음이 없이 진보나 발전을 이야기하는 것은 무의미하다."

신부님께서는 이 청빈 정신을 기려 수도회에 입회하신 것이 아니었던지요?

청빈은 물질적인 가난만을 뜻하는 것이 아니지요. 신부님의 일에 대한 열정이 수도회의 청빈 정신에서 멀어져가는 모습을 보며 안타까웠습니다.

**수도원의 까마귀** 헨리 스테이시 마크스 1829-1898 영국, 1870

아름다운 열정과 일에 대한 욕망이 종이 한 장 차이라는 것을 절감하면서도 감히 말씀드릴 용기가 나지 않았습니다.

이 풍요의 시대에 가장 정복하기 어려운 고지가 있다면 어디 일는지요. 청빈의 산정山頂에 기도의 집을 짓는 일이겠지요

프란치스코 수도회에 입회한 스웨덴의 카알 수사가 말했지요.

"오늘날 스웨덴의 사고방식에서 보면 부유富裕를 떨치고 청빈을 선택한 프란치스코는 미쳤다고 할 수밖에 없겠지요. 스웨덴에 만연한 현대의 신은 유복裕福이라 할 수 있으니까요. 그러나 스웨덴이 자신감을 가지고 꿈꾸는 이 이상향의 종착지는 기껏해야 '미완성의 우울'이 될 것이 뻔합니다."

그는 이렇게 덧붙입니다.

"스웨덴식 생활 태도를 철저히 믿다 보면 허무감과 권태의 터널을 빠져나간 후 마지막에는 자살로 귀착될 수밖에 없지요. 이렇게 볼 때 프란치스코의 청빈 정신이 스웨덴의 유복을 이긴 것이지요."

풍요 뒤의 허무를 넘어설 수 있는 길은 오직 청빈임을 깨달은 카알 수사의 혜안에 고개를 숙이게 됩니다.

니스 칠도 하지 않은 퇴색한 이불장과 폭 좁은 나무 침대. 수사님이 안내한 방에서는 대청마루에 들기름으로 윤기를 내곤 했던 유년 시절의 고향이 떠올랐습니다. 오랜만에 청빈 정신이 물씬거리는 고향에 온 기분이었지요.

"이곳은 반半관상수도회입니다. 여기 미사, 기도, 식사 시간이 적혀 있습니다. 참석은 자유입니다."

피정避靜 기간 4박 5일을 머물며 들은 수 있었던 가장 긴 말이었습니다. 일과표를 보고 참석한 기도 시간. 경당에 들어선 순간 눈이 휘둥그레졌습니다.

이십여 명 수사님이 무릎을 바닥에 대고 허리를 세운 채 꿇어앉는 장궤長跪 모습으로 묵상 중이었습니다. 이 많은 가족이 있었거늘 기침 소리 한번 들을 수 없었다니 놀라웠습니다.

이십 세기 과학 문명은 '소란'의 문명입니다. 소란의 도시 안에 이토록 아름다운 침묵의 세계가 있었다니 경이로웠습니다.

예수께서 침묵과 청빈을 가려 뽑아 높이 세우신 뜻을 이곳에 와서야 깨우치다니요.

아사餓死 직전의 제 영혼이 생기를 얻었습니다. 창밖 가을벌레 소리가 수도원의 침묵을 더욱 아름답게 하는 밤입니다.

두서없는 글에 마침표를 찍으려는 순간 프란치스코 성인이 남기신 말이 떠올랐습니다.

"청빈이 있는 곳,
청빈의 기쁨이 있는 곳.
그곳에는 어떠한 것에 대한 탐욕도 없다."

구월 / 다섯

# 사제의 고독

— K 신부님께 띄우는 둘째 편지

고독은 다른 사람들에 대해서만이 아니라
자기 자신에 대해서도 죽는 것이다.
— 리처드 포스터

불 타는 검을 가진 수호천사  프란츠 폰 슈투크 1863-1928 독일, 1889

갈멜수도원에 도착한 지 이틀이 지났습니다. 미풍에 찰랑거리는 풍경소리에 문득 어느 날 나눈 신부님과의 대화가 생각났습니다. 그날 마무리하지 못한 답을 듣고 싶어 펜을 들었습니다.

성당 뜰에서, 미사 집전에서 신부님을 뵌 적을 헤아려봅니다. 로만칼라 셔츠를 입으신 모습을 뵌 적이 없었지요. 제 당돌했던 질문을 기억하시는지요?

"신부님은 로만 칼라를 하지 않으시네요?"

그때 신부님께서 대답하셨지요.

"로만 칼라? 그건 신부 목에 걸린 칼이지."

짧은 대답 뒤에 무거운 침묵이 흘렀습니다. 그날의 창백했던 침묵이 침전물처럼 제 가슴에 고여 있습니다.


로만 칼라는 유혹에 약한 평신도를 지키는 불타는 검을 가진 수호천사의 상징이지요.

어느 평신도가 시리에다 마사유끼 신부께 물었습니다.

"왜 신부가 되셨나요?"

마사유끼 신부님이 대답하셨지요.

"신부가 독신이라는 것은 얼마나 큰 은혜입니까. 하느님께서는 신부가 철저히 고독하기를 바라셨지요. 철저히 고독한 후에야 비로소 다른 사람의 고독을 찾아내는 눈과 그것을 부드럽게 감싸 안을 수 있는 마음이 길러지니까요."


타인의 고독을 떠맡기 위해 자신이 고독하기를 선택함은 용기만으로는 안 되는 일이지요. 그래서 수도자의 세계는 평신도가 다가갈 수도, 다가가서도 안 되는 신비의 세계이지요.

로만 칼라의 정결하고도 고결한 고독은 예수님께서 사제들의 고독을 통해 당신 현존을 드러내는 상징이기도 하지요.

로만 칼라의 고독을 바라볼 때마다 떨리는 가슴으로 예수님 사랑을 확인케 되는 평신도들의 감동을 하찮은 것이라 하실 수 있으신지요.

스산한 어느 가을 저물녘, 간이역은 서러울 정도로 적막했습니다. 그곳에서 낯선 로만 칼라 신부님을 뵌 적이 있었지요. 단아하고 정결한 로만 칼라가 지닌 고독의 깊이에 눈시울이 젖었던 기억을 어찌 잊을 수 있겠는지요.

그때 어느 사제가 한 말이 떠올랐습니다.


"사제는 타인이 고독하지 않도록
스스로 홀로 살아가는 사람이다."


세상이 달라졌습니다. 이 달라진 시대에 로만 칼라의 정결을 요구함은 이율배반임을 왜 모르겠습니까.

하지만 신부님. 물신주의物神主義가 만연한 길 위에서 신앙인의 품위를 잃지 않으려는 평신도들의 마지막 탄식이 들리지 않으시는지요.

종교의 모습이 달라지기 위해서는 낡은 제도를 뛰어넘어야 하지만, 때로는 옛것을 지키는 일에도 주저하지 말아야 하겠지요.

꽃병의 국화 빌렘 로엘로프스 1874–1940 네덜란드

# 시월 +月

오늘도 우리는 기다립니다.
시대의 어둠을 아파하며
잠든 혼을 흔들어 깨울
한용운의 눈물
뜨거운 시인의 눈물을.

시월 / 하나

# 연민의 눈물

연민이란
고통받는 사람과
하나가 되게 하는 감정이다.
— 제임스 조이스

감동적인 한 편의 영화를 보며 눈물을 흘리지 않는 벗과는 함께 영화관에 가기를 거절할 것입니다.

오동잎에 떨어지는 늦가을 빗소리를 들으며, 철새들의 귀향을 바라보며 가슴이 젖지 않는 이와는 함께 길을 떠나기를 거절할 것입니다.

눈물이 메말랐다는 것은 마음의 문이 닫힌 것이지요. 살아온 날에 대한 감사도, 남은 시간에 대한 열정도 잃어버린 것이지요. 이 경우의 동행은 시간 낭비이지요.


후배가 찾아와 눈물을 쏟았습니다. 친구 수술비를 마련하려 동생을 찾았으나 거절당한 충격이 컸었나 봅니다.

선한 행위는 언젠가 기쁨이 되어 되돌려 받게 된다며 설득했지만 허사였습니다. 비현실적인 언니의 삶을 이해할 수도, 동조할 수도 없다는 것이 거절의 이유였습니다.

보상이 없는 일은 하지 않겠다는 것이 동생의 생활철학이 되어 있었던 것이지요. 보상이란 덧셈과 뺄셈으로는 계산할 수 없는 것인데 말입니다.

물론 많은 시간, 언니는 남을 돕는 일로 바쁘게 살아왔습니다. 동생이 보기에는 바보 같은 삶이었지만 언니는 한 번도 후회한 적이 없었지요.


"사람이 그렇게 변하면 안 되는데…. 동생이 그렇게 변한 것이 제 탓일까요?"

이 말을 반복하며 하염없이 눈물을 쏟았습니다. 언니의 이 눈물은 동생의 내일을 걱정하며 흘린 연민의 눈물이었지요.

**눈물 젖은 아이**  마리안 스토커스 1855-1927 오스트리아

가게 유리창 앞에 맨발로 서 있는 아이를 바라보며 눈시울이 젖어본 적이 있는지요. 그대가 흘리는 연민의 눈물이 아이의 눈물을 멎게 하지요.

태풍이 쓸고 간 논둑에서 망연자실한 농부의 뒷모습에 눈시울이 젖어본 적이 있는지요. 그대가 흘리는 연민의 눈물이 농부를 일어서게 하지요.

정화수 앞에서 올리는 어머니의 기도, 그 기도의 뒷자락에 숨어 눈물을 흘린 적이 있는지요. 그대의 뜨거운 눈물이 어머니가 기다리는 아들을 돌아오게 하지요.

철학자 볼테르가 말합니다.


"눈물이 연민을 자극하기 위해 흐르는 것이라면
너무나도 아름답지 않은가!"


목마른 이의 갈증 앞에서 발길을 멈추는 연민의 마음이 없다면 세상이 얼마나 삭막하겠는지요.

쫓기는 이를 생각하며 문밖에 등불을 거는 연민의 마음이 없다면 세상이 얼마나 황량하겠는지요.

눈물이 그립습니다. 세상 아픔을 아파하는 눈물, 아직도 우리에게 남아 있는 이 연민의 눈물을 모으면 인류가 염원해온 평화를 앞당겨 이룰 수 있으리라 믿으며 언덕을 오릅니다.

시월 / 둘

# 시인의 눈물

순결함이 있는 곳에 아름다움이 있고,
아름다움이 있는 곳에 시가 있다.
— 비노바 바베

가을은 솟을대문을 나서는 흰옷 차림의 여인에게서 느끼는 청아함이 산과 들에 감도는 계절이지요. 가을은 숨 가쁘게 달려온 언덕에서 만종晚種 소리를 들으며 가슴에 손을 얹게 되는 계절이기도 하지요.

저무는 서쪽 하늘의 쪽빛, 그 영원의 빛을 동경하기보다는 여명을 좇아 출항을 서두른 시절이 있었지요. 가을날 아름다움보다는 봄날의 화사함을 더 찬미한 시절이 있었지요.

헐벗은 가지를 흔들며 말없이 바라보고 선 두 그루 은행나무의 침묵, 그 절절한 침묵보다는 미소의 희롱을 더 그리워한 시절이 있었지요.

청춘의 객기客氣였던 것이지요.


눈물에도 시대성이 있는지요. 물질문명의 풍요가 가져온 상대적 빈곤감으로 나약해진 탓인지요. 사소한 걸림돌 앞에서도 절망의 눈물을 쏟는가 하면 세상을 향해 주먹을 휘두르는 사람이 늘어나고 있습니다.

몰락한 지주의 탄식 어린 눈물, 어설픈 이념에 빠져 인생을 온통 붉게 색칠한 시대 낙오자들의 눈물. 터무니없는 눈물, 무책임한 눈물들.

이들의 눈물은 역사의 발목을 잡고 넘어뜨리려는 위장된 넋두리일 때가 얼마나 많은지요.

세상을 탓하고 이웃을 탓하고 가족에게 책임을 떠넘기는 온갖 종류의 '남 탓 눈물'을 어디까지 이해해야 할지를 몰라 난감할 때가 많지요. 이들의 거짓 눈물을 멈추게 할 명의名醫는 없는 것인지요?

**시를 생각하는 마음** 카미유 코로 1796-1875 프랑스

니사의 그레고리오스 교부의 말이 생각납니다.

"눈물은 영혼의 상처에서 흐르는 피와 같다."

그렇습니다. 영혼의 상처에서 흐르는 피로 시를 쓰는 시인이라면 이 일을 해낼 수 있을 것입니다.

숨죽인 우리 손에 등불을 건네주며 포구로 달려가게 할 시인. 영혼의 상처에서 흐르는 눈물로 시를 쓰는 시인이 어딘가에 있을 것입니다.

천둥 같은 목소리로 세상의 불의를 질타하는 시를 쓰는 시인이 어딘가에 있을 것입니다.

무명 손수건에 배인 우리의 눈물이 씻어지기를 바라며 뜨거운 눈물로 시를 쓰는 시인이 어딘가에 있을 것입니다.

숨 가쁘게 달려온 언덕에 서서 타오르는 석양을 바라보며 오늘도 기다립니다.

잠든 혼을 흔들어 깨울
한용운의 눈물
뜨거운 시인의 눈물을.

꽃을 매만지는 여인  페르닝 두생 1873-1958 벨기에

시월 / 셋

# 참회의 눈물

우리는 인생 여정에서 회개해야만 할 때가 있다.
용서를 구해야 할 때가 있는 것이다.
참된 회개는 항상 변화를 동반한다.
— 안테아 도브

한 줄기 세찬 바람이 뜰을 가로지르자 은행나무 잎이 우수수 떨어집니다. 은행나무가 쏟아놓은 낙엽을 바라보니 문득 지난날 내가 낙엽으로 떨어뜨린 세월 소식이 궁금해집니다.

진홍의 단풍잎 같은 아픔으로 모여들 있을까?

퇴색한 갈잎처럼 버적거리는 소리로 울고 있을까?

떨어져 쌓인 은행잎처럼 회한에 젖어 기도하고 있을까?

친구 어머니 장례식에서 흐르는 눈물을 주체하지 못해 난감한 적이 있었지요. 팔순을 다복하게 살다 가신 그분 때문이 아니었지요. 돌아가신 어머니를 생각하며 흘린 참회의 눈물이었지요.

우리는 후회합니다.

열아홉 철없음을 후회하고 청춘의 탕진을 후회하고 서른셋 욕망을 후회하고 마흔아홉 이별을 후회합니다.

후회는 참회하는 이가 흘리는 눈물이지요. 눈물은 하늘빛 이상까지 모두 버리고 세상을 품으려는 기도이기도 하지요.

이 가을 나는 참회해야 합니다. 친구의 전화를 냉정하게 받은 것을, 염치없다며 비난하고 양식 없다며 냉대한 것을, 게으름을 질책하고 낭비를 비웃은 것을. 헛된 꿈을 버리지 못해 허우적거린 시간까지 남김없이 참회해야 합니다.

이 저녁 참회하지 않으면 내일 아름다운 풍경을 바라보며 감탄하는 사람으로 서지 못할 테지요. 다가오는 폭풍을 예감하지 못해 쉼터를 앞에 두고도 찬비에 젖어 떨게 되겠지요.

끝내 참회할 일이 없노라 우기면 초승달의 아름다움도, 만월의 미소도 보지 못할 테지요.

**정성을 다해**  찰스 페루지니 1839-1918 이틸리아 출신 영국 화가, 1879

참회할 일이 없는 삶은 함께 텃밭을 가꾸는 기쁨보다는 반쯤 식은 채 배달되는 슈퍼마켓의 편리함을 선택한 삶이지요.

참회할 일이 없노라 우기는 삶은 이기적인 삶이지요. 이기적인 사람 옆에는 아무도 없지요. 우정도 떠나고 동지도 떠나고 마지막 남은 연인마저 떠나지요.

시리아 소설가 라픽 샤미의 글을 읽은 적이 있습니다.


할머니는 언제나 가지를 소금에 절여
물기를 짜낸 다음 요리를 시작했다.
"가지에 왜 소금을 뿌리시는 거예요?"
나의 물음에 할머니가 대답하셨다.
"그래야 가지가 울거든.
가지처럼 사람도 울어야 쓴맛이 없어진단다."


그렇습니다. 눈물은 영혼의 정화제입니다.

닭이 두 번 울기도 전에 예수를 세 번이나 부인한 후 땅에 쓰러져 눈물을 쏟았던 베드로의 참회.

베드로가 참회의 눈물을 쏟지 않았다면 반석盤石 위에 교회를 세우는 소명은 이루지 못했겠지요.

베드로가 참회의 눈물을 쏟지 않았다면 우리가 어찌 장엄한 그레고리오 성가를 듣는 감동의 순간을 누릴 수 있었겠는지요. 첨탑의 십자가를 바라보며 은총의 기쁨을 누리는 순간을 가질 수 있었겠는지요.

**가을** 토마스 벤자민 케닝턴 1856-1916 영국, 1900

시월 / 넷

# 치유의 눈물

하늘이 치유할 수 없는 슬픔은
이 세상에 존재하지 않는다.
— 토마스 모어

눈물은 위대한 통역관이란 말이 있지요.
눈물은 영혼의 언어이며 세계의 공동 언어이지요.
눈물은 하늘과 땅 사이를 잇는 기도의 언어이지요.

부흥회에서 할렐루야를 외치는 여인보다는 깊은 밤 성전 문설주에 기대 눈물을 흘리고 있는 여인이 우리를 더 감동케 합니다. 절절한 기도의 모습을 보기 때문이지요.

낡은 깃발을 들고 진보를 외치는 웅변가보다는 칠순의 할머니가 빈 들에서 이삭을 줍는 모습에서 우리는 더 큰 가책을 느끼게 됩니다. 최소의 행복을 위해 최선을 다하는 사람이 외치는 침묵의 소리를 듣기 때문이지요.

정치인의 화려한 말보다는 갈라진 손등으로 눈물을 훔치며 노동 현장에 서 있는 소년 앞에서 우리는 더 깊이 고개를 숙이게 됩니다. 자기 앞의 삶을 사랑하는 사람의 눈물이 감동의 웅변이 되어 우리 가슴을 때리기 때문이지요.

어느 날 수녀원에서 들었던 식사 후 기도의 끝말이 오래도록 가슴에 남아 있습니다.

"… 이 음식이 있기까지 수고한 이와 우리에게 강복하소서."

우리는 이렇게 기도한 적이 있었던지요?

차를 끓이고 포도주를 마시며 가꾸고 거둔 이의 굽은 등을 생각하며 고마워한 적이 있었는지요. 공원을 산책하며 정원사에게, 음악을 들으며 작곡가에게 고마워한 적이 있었는지요.

피리를 불며 양들을 지키는 목동이 없었다면 우리가 오늘도 포근한 잠자리에서 따뜻한 겨울을 보낼 수 있겠는지요.

**불빛을 비추는 여인** 헨리에타 라에 1859-1928 영국, 1891

태풍에 쓰러진 볏단을 묶으며 땀 흘린 농부와 풍랑과 싸우며 그물을 던지는 어부가 없었다면, 오늘도 우리가 칼슘의 밀리그램을 따지며 건강할 수 있겠는지요.

고마워하는 마음은 감사하는 마음이지요.
고마워하는 마음은 기도하는 마음이지요.
우리의 눈물 젖은 기도를 알 수 없는 어떤 힘이 흐르는 바람에 실어 멀리, 아주 멀리까지 실어나르면 기적이 일어나지요. 그 순간 논둑에 쓰러진 농부가 새들의 지저귐에 눈을 뜨고 풍랑에 빠진 어부가 구조선을 만나게 되지요.
유대인 격언집 탈무드에 이런 말이 있습니다.

"천국의 문은 기도에 대해서는 닫혀 있더라도
눈물에 대해서는 열려 있다."

눈물은 영혼의 치유제입니다.
이 믿음으로 오늘도 우리는 달빛 아래 떨고 있는 중동 난민촌 어린이들의 아픔이 빨리 치유되기를 기도합니다.
의인 한 사람의 통곡에 하늘이 감동할 때 민족의 잘못이 갚아집니다. 이것이 하늘의 계산법이기에 오늘도 우리는 젖은 눈으로 참회의 눈물을 흘리며 의인을 기다리고 있습니다.

북상 메리 브루스터 헤이슬턴 1868-1953 미국

시월 / 다섯

# 구원의 눈물

은총과 구원의 기적을 위한 여지를 만드는 것은
삶의 한계상황이 아니라
모든 것을 온전히 내맡기는 행위에 있다.
— 에크하르트 톨레

숲이 자라 앞산 계곡이 더 깊어진 것일까요. 올가을 산야는 유난히도 아름답습니다. 이 낯선 곳을 인생의 종착지로 삼고 무려 일곱 해를 지내면서도 이토록 아름다운 가을이 내 집을 둘러싸고 있음을 몰랐다니요.

어느 순간 닫혔던 가슴이 열려 경이로운 눈으로 아름다운 풍경 앞에 섰을 때의 황홀감. 이 느낌을 무슨 말로 표현할 수 있겠는지요.

노랑과 연두를 풀어 막 색칠을 끝낸 들녘의 아름다움이 계곡을 따라 끝없이 펼쳐집니다.

산기슭에는 검푸른 잣나무가 물결무늬를 이루며 늘어서 있습니다. 능선에서 불타기 시작한 잡목 숲이 아침저녁 붉은 물감으로 수채화를 그리며 잣나무 숲을 향해 달음질쳐 내려옵니다.

모든 갈등과 번민, 고통까지도 사라지게 하는 아름다움에 압도당해 이 가을 하루에도 여러 차례 넋을 잃곤 합니다.


손에 잡힐 듯 가까이 느껴지는 앞산이 아침 햇살을 받아 반짝일 때 텅 빈 산촌에 흐르는 갈색 고요함.

능선이 석양에 물들어 서서히 하루를 마감할 무렵 빛의 정령이 사라진 창백한 서쪽 하늘에 감도는 비수 빛 적막감.

가을의 아름다움 앞에 망연자실 서 있노라면 어느 사이 눈시울이 젖어 듭니다. 설움도 아닌, 절망도 아닌 이 눈물은 영혼의 정화를 위해 흐르는 '구원의 눈물'인 것이지요.

길섶 한 떨기 들국화의 아름다움 앞에서 발길이 멎는 사람은 인생을 사랑하는 사람이지요. 인생을 사랑하는 사람이 자연의 아름다움 앞에서 감동하는 순간 영혼이 구원되지요.

프랑스 작가 파스칼 키냐르가 말했지요.

"자연은 열정적이다."

그렇습니다. 자연보다 열정적이고 변함없이 인간을 사랑하는
대상을 본 적이 없습니다. 죽은 가지에 새싹을 틔우고 한여름
열기로 과일을 익히는 자연의 열정을 무엇이 대신할 수 있겠는
지요.

풍랑을 일으켜 목마른 바다에 산소를 공급하는 자연의 열정이
없었다면 깊고 넓은 바다는 모두 죽음의 동굴이 되었겠지요. 아
름다운 산호초도 검게 타버렸겠지요. 거북 등에 올라 용궁으로
간 토끼 이야기도 들을 수 없었겠지요.

아름답고 순결하고 고귀한 자연은 창조주가 우리 영혼의 구원
을 위해 마련한 성전聖殿이지요.

무리 지어 피어 있는 풀꽃
계곡에 피어오르는 새벽 물안개
평원을 가로지르는 한 줄기 가을바람

자연의 아름다움에 사로잡혀
감동의 눈물을 흘리는 순간
영혼이 구원되지요.

꽃과 과일  피에르 오귀스트 르누아르 1841–1919 프랑스

# 동짓달 十一月

정화수에 깃든 절실함
곳간에 뿌리던 동지팥죽의 진지함.
그 시절 어머니의 기도를
누구라 감히
어리석었노라 말할 수 있겠는지요.

그녀가 보석에 감탄하다  얀 피터 포르티엘예 1829-1908 벨기에, 1887

동짓달 / 하나
# 버릴 수 있는 용기

우리는 우리의 소유물에
심지어 신에게도 속박받지 말아야 한다.
— 에리히 프롬

무성한 잎을 모두 버린 한 그루 느티나무가 비길 바 없이 정갈한 모습으로 동구 앞에 서 있습니다.

푸른 숲의 욕망을 쏟아낸 나목을 바라보고 있노라면 영혼이 정화되는 것을 느끼게 됩니다.

빈손만이 누릴 수 있는 평화를 느끼게 하는 나목의 계절이 오면 우리 삶에도 가끔 이런 버림의 시간이 필요하다는 것을 터득했던 때가 떠오릅니다.

가족을 떠나 혼자 살림을 시작한 것은 정릉 산비탈에 지어진 방 두 칸짜리 아파트였습니다. 태어나서 처음으로 나만의 공간을 가졌을 때의 행복감을 무어라 표현할 수 있겠는지요.

콘크리트 부엌 바닥에 마루를 깔며, 출입문에 페인트를 칠하며 행복했습니다. 하지만 그 행복은 곧 끝났습니다.

생각 없이 사들인 물건들이 좁은 공간을 차지하자 짜증스럽기까지 했습니다.

아직은 더 넓은 집으로 이사할 처지가 아니었지요.

어느 휴일 옷장부터 뒤집어엎었습니다. 몇 년 동안 입지 않은 옷가지와 잡다한 소품들을 모두 정리했습니다. 넓어진 공간만큼 시야가 확 트였지요. 버려야 할 것에 짓눌려 그토록 짜증스러웠던 것이지요.

우리가 버리지 못하는 것이 어찌 물건에 대한 집착만이겠는지요. 가슴속을 들여다보면 그곳도 그럴 것입니다. 아수라장 벽장 속처럼 온갖 욕망이 뒤엉켜있을 것입니다.

"그걸 어디에 두었더라?"

찾고 의심하는 시간이 아까워 장신구를 모두 들어내고 창밖에 백합나무 두 그루를 심었습니다.

묵은 원망과 가소로운 체면을, 헐벗음의 부끄러움까지를 버리니 마음이 한결 가벼워졌습니다.

버리는 일은 자유에 다가서는 시작이었습니다. 자유는 세상과의 싸움에서 얻어지는 것이 아니라 자기 욕망과의 싸움에서 쟁취해야 하는 것을 뒤늦게 깨달았지요.

토마스 머튼이 〈고독 속의 명상〉에서 말했지요.


"용기가 없다면 우리는 결코
참된 단순함에 이를 수 없다."


버리기 위해서는 용기가 필요하지요. 비싼 옷과 보석으로 행복하리라는 착각을 물리칠 용기 말입니다. 오랜 세월 떨쳐내지 못한 회한의 파편들과 가슴에 자리한 가당찮은 희망들을 도려낼 때의 아픔을 감수할 용기 말입니다.

저 멀리서 저벅저벅 걸어오는 겨울을 바라보며 잎들을 버린 나목에 찬탄을 보내게 됩니다.

동짓달 / 둘

# 기도 방법이 다를지라도

하느님과 사람 사이를 이어주는 기도는
사람에 따라 다를 수밖에 없다.
— 까를로 까레또

옛 서울대학 문리대가 있었던 자리, 우리는 그곳을 대학로라 부릅니다. 그곳은 축제의 거리입니다. 퇴색한 연극 벽보에도 우리를 울리고 웃기는 해학이 있습니다. 좌판 앞에서 손님을 기다리는 젊은이의 목소리에도 가락이 넘실댑니다.

대학로 찻집 창가에 비구니와 수녀님이 마주 앉아있습니다. 떨어지는 은행잎의 서정을 바라보는 두 분의 모습이 너무 평화로워 훔쳐보게 됩니다.

우리가 명예욕에 불타오를 때 저분들은 우주 삼라만상의 정화를 위해 기도합니다. 우리가 부귀영화에 목말라 할 때 저분들은 우리를 구원으로 이끌고자 자신을 제단에 바칩니다.

교리가 다르고 기도문이 달라도 저분들의 지향은 하나입니다. 자기를 버리고 우리의 회개를, 자기를 버리고 인류의 구원을 열망하는 점에서 그렇습니다.

정화수에 깃든 절실함, 곳간에 뿌리던 동지팥죽의 진지함. 우리 어머니 세대의 기도를 누가 감히 어리석었노라 말할 수 있겠는지요. 순수는 그 자체로 아름답지요.

생명의 탄생 앞에서 기뻐하고 계절의 아름다움 앞에서 경이로움을 느끼는 순간, 삶의 모든 순간이 기도이지요. 기도하는 순간은 감정이 정화되는 순간이기도 하지요.

이러함에도 우리 기도만이 종교적이고 너희 기도는 우상숭배라며 칼칼한 목소리로 외치는 목자가 있습니다.

참된 신앙인은 남의 종교를 비난하지 않지요. 모든 종교의 지향은 진리를 향한 여정이라는 것을 알기 때문이지요.

유대계 독일 철학자 마르틴 부버가 말했지요.

"뭇 종교는 그 속에 기도가 살아 있는 한, 살아 있는 것이다. 종교의 타락이란 그 종교 안에 있는 기도의 타락을 말한다."

마르틴 부버의 말처럼 종교 간의 반목은 설익은 신앙인의 자만심에서 비롯된 것이지요.

거리에 샛노란 은행잎이 쌓이는 대학로 찻집.

비구니와 수녀님이 비우고 간 자리가 노을에 젖고 있습니다. 수녀님은 오솔길로 비구니는 산길로 떠났지만, 진리를 향한 여정은 하나입니다.

어느 종교학자가 말했지요.

"종교는 하나다.
다만 그 기도의 방법이 다를 뿐이다."

동짓달 / 셋

# 동학사 숙모전肅慕殿

위대한 사람의 삶은
우리도 멋지게 살 수 있다는 사실을 일깨우면서
시간의 모래 위에 발자국을 남기고 떠난다.
— 헨리 롱펠로

앙상한 미루나무 가지 위에 동그마니 앉은 까치집, 강마을에 피어오르는 저녁연기, 보금자리를 찾아 서두르는 저물녘 들새 무리의 황급한 날갯짓.

빛으로 치면 창백함이며 마음으로 치면 고적함이며 시간으로 치면 마지막 열차를 떠나보낸 어느 간이역의 쓸쓸함 같은 늦가을. 회색빛 가을바람이 재촉합니다.

"떠나라! 네 가슴속 회한에서 벗어나고 싶다면."

무작정 집을 나선 내 발길이 머문 곳입니다. 계룡산 동쪽 기슭, 계곡을 감돌아 흐르는 물소리가 가슴을 저미는데 관광객이 떠난 텅 빈 여인숙에 여장을 푼 나그네 어깨 위에 저녁 예불을 알리는 동학사東鶴寺 범종 소리가 내려앉습니다.


동학사는 계룡산의 동多동학이라 하여 겨울 풍경이 빼어난 곳으로 알려진 곳입니다. 신라 성덕왕 때 회의화상이 창건한 것을 고려 초에 도선국사가 중창重創한 사찰입니다.

도선국사는 고려 태조의 국사國師였습니다. 풍수지리에 뛰어난 그가 전국을 돌아본 후 이곳이야말로 피를 흘리지 않고 나라를 세울 수 있는 곳이라 여겼다고 합니다.

그때부터 동학사는 나라의 무운武運을 비는 고려 태조의 원당願堂이 되었습니다. 그래서인지 동학사에는 역사와 관련된 이야기가 많습니다.


대웅전 뜰에 서면 계룡산 문필봉이 눈앞을 가로막습니다. 문필봉 운기雲氣였을까요? 불교계에 선풍禪風을 일으킨 경허 스님, 운허 스님, 경봉 스님이 이곳 강원 출신입니다.

이곳에는 고려 말 충신 포은 정몽주, 목은 이색, 야은 길재를 모신 삼은각三隱閣이 있습니다.

계곡을 따라 뒷산을 오르면 시경詩景으로 손꼽히는 삼불봉三佛峯이 우뚝 서 있고 은석폭포가 반짝입니다. 절경을 휘돌아 내려온 내 발길이 숙모전 앞에서 떨어지지 않습니다.

단종이 왕위에서 물러났다는 소식을 들은 매월당 김시습이 삭발하고 이곳에 머뭅니다. 윗단에는 단종을, 아랫단에는 생육신과 사육신을 모신 돌단을 쌓고 아침마다 예불을 올립니다.

어느 날 전국 사찰을 돌다 이곳에 도착해 삭발한 김시습을 본 세조가 돌단을 허물고 사당을 짓게 합니다. 이렇게 하여 엄숙하게 사모한다는 뜻의 숙모전이 세워집니다.


반질반질 윤기 흐르는 백여 개 바리때의 청빈함, 대나무 옷걸이에 정갈하게 걸린 가사 장삼 자락에 너풀거리는 세속 욕망으로부터의 자유, 댓돌에 가지런히 놓인 백고무신의 정갈함. 내 회한을 내려놓기에는 너무나 깨끗한 도량道場입니다.

김시습의 충절이 그리워 숙모전을 돌아보며 발길을 옮길 때 앙리 아미엘의 말이 가슴을 때렸습니다.


"기관사가 없으면 기차는 탈선하거나 파열한다.
나라에 진정한 정치가 없다면
국가는 표류하거나 난파한다."

**월계관을 쓰고 들에서 책 읽는 여인**  장 까미유 코로 1796-1875 프랑스, 1845

동짓달 / 넷
# 새벽으로 가는 길

인간은 깊은 심연이며
거기에서 무엇이 떠오를지는
그 누구도 예견할 수가 없는 것이다.
— 성 아우구스티누스

**통나무에 앉아 책 읽는 남자**  페렌치 카롤리 1862-1917 헝가리, 1895

서점을 기웃거리다 손에 잡은 한 권의 책에서 가슴을 치는 구절을 만나면 매스컴 공해 시대에 사는 우리로서는 행운이 아닐 수 없습니다. 〈새벽으로 가는 길〉의 저자 헨리 뉴엔 신부가 이런 행운을 안겨 주었습니다.

네덜란드 네이께르끄에서 태어난 그는 스물다섯 나이에 사제가 됩니다. 인간에 대해 더 깊이 알고자 6년을 심리학에 투신하지만 만족하지 못합니다. 미국으로 건너가 두 해 동안 신학과 심리학을 공부합니다.

삼십 대에 노트르담 대학 심리학 교수가 되고 사십 대인 1971년부터 10년간 예일대학에서 신학을 가르칩니다.

그는 안정된 교수직에 만족하지 못합니다. 끊임없이 자신의 안일한 삶에 대해 고민합니다.

"하느님께서 이 삶을 정의롭게 여기실까?"

이에 대한 답을 찾아 1981년 중대한 결심을 합니다. 교수직을 내려놓고 페루의 빈민가에 짐을 풀고 대답을 기다립니다.

그곳에서도 답을 얻지 못해 다시 미국으로 돌아와 하버드대학 강단에 섭니다. 다시 이 길이 '나의 길'이라는 생각으로 안주합니다. 아직 때가 되지 않았던 것이지요.

참으로 예기치 않게 기다리던 때가 찾아옵니다. 1985년, 하버드대학 교수직을 떠나 캐나다 라르슈의 장애아 공동체 '새벽'에 도착합니다. 한 해 동안 살아보기로 한 그곳이 하느님께서 그에게 죽는 날까지 살 곳으로 예비해 두셨던 것이지요.

〈새벽으로 가는 길〉은 오랜 방황을 끝내고 '새벽'에 도착하기까지의 이야기를 담은 책입니다.

장애아의 휠체어를 밀며 뉴엔 신부가 말합니다.

"이 탐욕적이고 포악한 세상에서
스스로 부름을 받았다고 느끼는 일을 하려면
금전과 명예에 타격을 입을 각오를 해야 한다."

세상은 갈수록 탐욕적입니다. 권모술수와 말장난의 무대인 정치판, 불확실한 미래, 골목마다 잠복 중인 대형 사고의 위험, 밤마다 벌어지는 광란의 춤.

이러함에도 우리는 절망하지 않습니다. 산업현장의 열기와 연구실에서 새어 나오는 불빛. 새벽시장의 노점상과 화전마을을 지키는 농부. 그들이 있어 절망할 수가 없습니다.

금전과 명예에 타격을 입을 각오로 인류를 위해 가파른 산길을 오르는 제2의 뉴엔 신부를 기다리며 창을 열고 침묵의 별하늘을 바라봅니다.

동짓달 / 다섯

# 채워지지 않은 잔의 아름다움으로

인간은
그의 내적 부를 낳기 위해서는
가난해지지 않으면 안 되게 되어 있다.
— 에리히 프롬

**지금, 오직 추억** 알프레드 기유 1844-1926 프랑스

스산한 바람이 창을 흔듭니다. 자홍색 단풍잎이 우수수 떨어지는 동짓달, 이 계절이 되면 떠난다는 말도 없이 사라진 후 소식 없는 친구가 그리워집니다.

그는 포도주의 깊은 맛을 음미하기보다는 독한 위스키 마시기를 즐겼습니다. 아무리 만류해도 권력의 주변을 배회하며 초조한 모습을 감추지 못했습니다.

벗이 찾아와도 선뜻 문을 열고 맞아들이지 못했으며 연인의 눈물에도 등을 보였습니다. 그의 방은 언제나 욕망의 비밀들로 어지러웠습니다.

연분홍 장미처럼 아름다운 모습으로 내 곁에 왔던 그는, 지금 어디서 애잔한 마른 줄기로 떨고 있지는 않을지? 인생의 허망함과 권력의 덧없음을 느끼며 빈들에 혼자 서 있지는 않을지?

앞만 보고 달리던 그가 지금도 권력에 목말라 헤매고 있다면 그의 내일은 적막할 것입니다.


인생은 하나의 잔과 같지요.

교만과 허세가 가득 차 있으면 축복을 들고 온 친구가 머뭇거리다 떠날 것입니다. 욕망과 사악함이 가득 차 있으면 기쁨을 들고 온 이웃도 닥쳐올 불행을 예감하고 돌아설 것입니다.

헛된 공명심과 서툰 자만심이 잔에 차고 넘치면, 여백의 아름다움을 기대하며 달려온 행운도 절망하여 떠날 것입니다.

행복은 채워지지 않은 잔, 여백의 아름다움에 있지요.

인생을 관조할 나이가 되었는데도 출세만을 꿈꾸는 이들, 아홉을 가지고도 하나의 부족 때문에 잠 못 이뤄 뒤척이는 이들이 얼마나 많은지요.

앤소니 멜로가 〈깨어나십시오〉에서 전합니다.

"삶은 쉽다.
삶은 기쁨이다.
환상, 야망, 탐욕, 욕심 때문에 힘들 뿐이다.
이런 것들은 어디서 오는지 아는가?
온갖 욕망의 딱지를 진리와 동일시하는 데서 온다."

욕망은
외로움의 다른 이름인 것을

탐욕은
허무의 다른 이름인 것을

채워지지 않은 잔이
더 아름다운 것을.

양귀비꽃 소용돌이 베른하르트 구트만 1865-1936 독일 출신 미국 화가, 1927

# 섣달 十二月

지금도 늦지 않으리
눈처럼 새하얀 영혼의 노래로
삶을 사랑하는 일은
그대를 사랑하는 일은.

**기차역 정원에서 기다리다** 벤스 스워프 1879-1926 미국

섣달 / 하나
# 어머니의 기다림

기다림이란 행동의 포기가 아니라
창조적인 행동이다.
— 칼 가이슬러

하얀 서리꽃 너머로 낮게 드리운 회색 하늘, 유선형 무늬를 그리며 사라지는 철새의 느린 날갯짓, 낚시꾼을 기다리는 얼어붙은 저수지의 적막감. 스산한 겨울 풍경이 아득한 세월 저 너머 고향 그리움에 잠기게 합니다.

고향에는 언제나 기다림이 있었습니다. 온돌방 질화로 삼발이 위에는 아버지를 기다리는 된장찌개 끓는 소리가 있었습니다. 수탉 홰치는 소리가 새벽을 알릴 때까지 대청 기둥에 등불을 밝히고 입대한 아들 소식을 기다리는 어머니가 있었습니다.

그 시절 우리는 찐 감자나 강낭콩을 듬성듬성 둔 밀떡 한 조각이 유일한 간식이었지만, 책보를 허리에 질끈 묶고 십리 길을 걸어 소학교에 다녔지만, 부모의 가난을 원망하지 않았습니다.

꼴찌가 어쩌다 꼴찌를 면하기도 하고, 일등이 삼등으로 밀려나기도 했지만, 성적이 떨어졌다 하여 옥상으로 올라가는 청소년은 없었습니다.

그 시절에는 구슬치기와 술래잡기가 유일한 놀이였지만, 가난을 향해 주먹을 휘두르는 이는 지금처럼 많지 않았습니다.

오랜만의 서울 나들이, 징글벨이 울리는 거리에서 사람 물결에 떠밀립니다. 외로움에서 벗어나려 발버둥 치다가 결국은 각자의 외로움을 향해 달음질치는 현대인의 자화상을 보는 듯하여 서둘러 시외버스 정류장으로 향합니다.

거실의 대형 텔레비전과 시골 장터에까지 늘어선 자동차 물결. 우리는 물질문명이 가져다준 상대적 빈곤감과 거리의 현란함에 비례하여 깊어진 외로움에 시달리고 있습니다.

**아이를 안고 거리를 횡단하는 어머니**  레세르 우라이 1861-1931 독일

"이 풍요의 시대에 더욱 깊어진 불행감은 왜인지요?"

누가 이렇게 묻는다면 조심스레 말할 수 있지요. 어머니의 기다림이 사라지면서 시작된 일이 아니겠느냐고.

기다리는 어머니가 없는 집 풍경은 이러할 것입니다. 말라비틀어진 식탁 위 빵 몇 조각, 옷단이 삐져나온 윗옷. 거실에 널브러진 광고지들.

여성해방운동의 대열에 선 어머니를 집으로 돌아가라 할 수는 없습니다. 역사의 수레바퀴가 이미 돌아갈 수 없는 지점을 휘돌았기 때문이지요.

구호를 외치다 귀가 시간을 기억하고 서둘러 깃발을 접고 집으로 향하는 어머니. 그분이 오늘 우리의 어머니이기를 바라는 것은 시대에 뒤떨어진 생각인지요.

교육개혁가 페스탈로치가 말했지요.

"자녀들을 교육하는 어머니 모습은
가장 아름다운 사랑의 표상表象이다."

놋쇠 재떨이를 닦으며 아버지를 기다리신 어머니
옥수수를 찌며 칼국수를 밀며 우리를 기다리신 어머니
어머니의 기다림이 축복이던 시절이 그립습니다.

**산타 릴리아스** 단테 가브리엘 로제티 1828-1882 영국, 1874

섣달 / 둘

# 그분이 원하실까?

참된 의미의 '전도'는 교리 중심주의도 아니고
남의 종교나 남의 교회에 있는 사람들을
내 교회로 끌어들이는 교회 중심주의도 아니다.
– 오강남

첫눈이라도 내릴 듯 희뿌연 하늘을 바라보며 찻집 창가에 앉아 친구를 기다리고 있습니다. 황급히 만나자던 목소리에 묻어 있던 불길한 예감으로 초조합니다.

이때 내 초조함을 멈추게 하려는 듯 허리에 '선교단 특공대'라는 글씨를 크게 새긴 대형버스가 지나갑니다. 특공대는 이차세계대전 때 일본 항공대 소속으로 자살적인 공격을 하던 부대였지요.

대형버스에 태워 일산에서 여의도로 실어 나르는 일, 분당에서 강남으로 실어 나르는 일. 그것이 선교단 특공대가 하는 개선가인지요? 특공대로부터 기습당한 신앙인은 어떤 모습일지 궁금해집니다.

오래전 신문 사회면에 실렸던 사건이 생각납니다. 남편 몰래 거액을 헌금한 주부가 있었지요. 빚을 갚기 위해 직장에서 야근을 계속합니다.

그 사실을 몰랐던 남편이 아이들 뒷바라지는 물론이고 살림살이가 엉망이 되자 부부 사이에 말다툼이 반복됩니다. 어느날 말다툼을 하다 감정이 격한 남편이 아내를 한 대 쳤고 아내가 즉시 남편을 경찰에 고발했다는 내용이었지요.

그 기사를 읽으며 느꼈던 씁쓸함이 되살아납니다. 그 여인이 어쩌면 선교단 특공대로부터 공격당한 신도가 아닐까 하는 생각을 지울 수가 없습니다.

하느님 축복이 헌금의 부피에 따라 달라진다면 박토에 목숨을 건 농부는 어찌해야 하는지요.

오늘도 바다 위에서 풍랑과 싸우는 뱃사람은 또 어찌해야 하는지요.

하느님은 이스라엘 민족도 사랑하시고 산사의 비구니도 사랑하실 것입니다. 마호메트 추종자도 구원하시고 남산 자락 무녀도 구원하실 것입니다. 이 거리에서 친구를 기다리며 아직도 교회 언저리를 맴돌고 있는 나까지도 거두어주실 것입니다.

하늘 위에 하느님을 모셔놓는 일은 그분을 외롭게 하는 일이지요 그분은 우리와 함께 노래 부르고 춤추기를 원하고 계실 것입니다.

올바른 신앙인이 되려면 어떤 모습이라야 하는가를 묻자 명상의 스승 고엔카가 〈단지 바라보기만 하라〉를 펼치더니 이 문장을 골라주었습니다.

"종교와 관계없이 먼저 선한 사람이 되어야 한다."

섣달 / 셋

# 첫눈 내리는 날

그지없는 기쁨과 슬픔이 닥친 순간에는
혼자만이 연주하는 '말 없는 생각'이라는 곡이
누구에게나 있는 법이다.
— 막스 밀러

첫눈이 내립니다. 갈색 빈 들, 낡은 양철지붕, 장독대 위에 첫눈이 내립니다. 첫눈 첫사랑 등. 첫 글자가 들어간 말에 우리는 언제나 가슴이 설레지요.

오늘처럼 첫눈이 내리는 날이면 추억이 어른거리는 찻집을 기웃거리다 헤어진 연인이 만나는 기적 같은 일이 일어나기도 하지요. 재회의 기쁨으로 말을 잊은 채 눈물을 흘리고 서 있지요. 얼굴을 붉히며 돌아선 벗들도 엽서를 띄우고, 누군가를 기다리며 찻잔을 준비하는 여인도 있지요.

첫눈 내리는 날이면 우리는 창가로 달려가 하염없이 내리는 눈을 바라보며 '나는 지금 어디로 가고 있는가'를 묻게 됩니다. 오랜 세월 피해 온 절대의 고독과 만나게 되지요.

어느 신학자의 말로 기억합니다.

"돌아감은 평생 이어지는 투쟁이다.
자기 존재의 절반만 가지고는
하느님께로 돌아가기란 불가능하다."

우리는 때로 가슴을 치며 참회합니다. 그러나 눈물이 마르기도 전에 절대자의 존재를 잊어버립니다. 그리고는 어느 날 다시 울며 돌아갑니다. 그렇게 냉담과 회두回頭를 반복합니다.

절반은 세상 유혹에 발을 담근 채 절반의 그리움만으로는 갈 수 없는 아버지의 집. 존재의 아름다움을 외면한 우리가, 존재의 자유를 포기한 우리가, 절반의 존재로 절뚝거리고 있는 우리가 오늘도 그리워하는 아버지 집은 어디인지요?

하늘 위 아득한 천국인지요
오늘 이곳에서 한 그루 상록수가 되는 일인지요?

첫눈이 내려 천지가 새하얗습니다. 우리는 왜 하양 앞에 서면
가슴이 설렐까요? 하양은 영혼의 색이라 그럴 것입니다. 하양의
순수로 세상을 껴안고 싶어 첫눈 위에 낙서를 남깁니다.

오늘의 사랑이 내일
덧없고 부질없고 허무하다 해도
지평선까지 하얗게 덮는
순백의 사랑이고 싶다

지금도 늦지 않으리
눈처럼 새하얀 영혼의 노래로
삶을 사랑하는 일은
그대를 사랑하는 일은.

섣달 / 넷

## 그분 발길이 머무실 곳은

모든 사람 발의 먼지인 사람이
신에게 가까운 사람이다.
- 마하트마 간디

깡마른 기침을 닮은 12월, 도시 풍경은 이런 모습이겠지요. 외래어 간판이 걸린 찻집 앞에서 루돌프 코 아저씨가 춤을 추고 마네킹도 눈웃음을 치며 징글벨을 울리고 있겠지요.

수다스러운 도시, 들뜬 거리에서 수입 초콜릿과 싸구려 카드와 춤이 없으면 쓰러지는 노래에 놀라 하느님이 슬픈 얼굴로 발길을 돌릴지도 모를 일이지요.

한낱 상품일 뿐인 성탄을 축하하려 하느님이 도시를 찾으시겠는지요. 광장 찻집의 장식일 뿐인 전나무 트리의 방울 종이 되려 하느님이 도시를 기웃거리시겠는지요.


영화 〈인보카머스 Invocamus〉의 장면이 떠오릅니다.

불의한 현실에 화가나 냉담자가 된 형사가 연쇄살인 사건을 쫓다 지쳐 젊은 퇴마사退魔師 신부를 찾아가 항의합니다.

"하느님이 계신다면 세상을 이렇게 악의 손아귀에 맡겨두고 태연하실 수가 있단 말입니까?"

젊은 신부가 엷은 미소를 띠고 대답합니다.

"그분이 지금 당신 안에서 문제의 해결을 위해 불철주야 뛰고 계시잖아요."


그렇습니다. 우리가 그분의 희망 자루를 지고 산촌을 찾아가는 산타클로스가 되어야 합니다. 우리 또한 목마른 양들이지만 그분 발이 되어 어디든 달려가야 합니다.

양철지붕 위에 달빛 내리고 제 그림자에 놀라 삽살개 짖어대는 곳. 소외된 사람들이 웅크리고 앉아 그분의 위로를 기다리는 곳을 찾아가야 합니다.

아이들이 옹기종기 모여 종이학을 접고 있는 외딴 마을 보육원을 찾아가야 합니다.

그곳에는 궁핍이 있지만, 새벽이면 다시 일어나 하루를 시작하는 삶의 의지가 있습니다. 우리가 그분의 심부름꾼이 되어 그곳을 찾아가야 하는 이유이기도 하지요.

쓸쓸히 깊어가는 섣달그믐 밤.

후미진 거리 추녀 아래서 날이 밝기를 기다리는 그분이 하룻밤 쉬어가기를 원하시면, 그곳이 어디이겠는지요?

술잔 부딪치는 소리 요란한 고층 아파트 거실이겠는지요, 그분 이름을 들어본 적 없는 칠순 노파의 농막이겠는지요?

불 꺼진 거대한 성전이겠는지요, 낭랑하고 맑은 기도 소리 들리는 낡은 수도원의 경당經堂이겠는지요?

여인의 초상  알프레드 세이피트 1850-1901 체코 출신 독일 화가

섣달 / 다섯

# 제야除夜의 종이 울리면

삶이란 풀어야 할 문제가 아니라
경험되어야 할 하나의 신비다.

— 조셉 캠벨

선조들은 새해맞이를 두 번 지냈습니다. 동지冬至를 작은 설이라 불렀고, 음력 정월 초하루를 큰 설이라 했지요.

깨끗한 마음으로 새해를 맞이하려 외상값까지도 서둘러 갚았지요. 가난한 이들이 작은 설 전에 빚을 갚지 못하면 대보름이 지날 때까지는 빚 독촉을 하지 않았지요.

그 시절 세시풍속은 참으로 인간적이었습니다.

사라져가는 작은 설 동지의 아름다운 풍속이 그립습니다. 정결한 마음으로 새해를 맞으시려 서까래의 거미줄을 걷어내시던 아버지의 기침 소리가 그립습니다. 문설주마다 동지팥죽을 뿌리며 읊으시던 어머니의 기도 소리가 그립습니다.

그 시절 기도는 풀잎처럼 맑고 깨끗했습니다.


해지킴守歲이라 불린 풍습을 기억하는지요. 섣달 그믐밤에 치르는 행사라 하여 제석除夕이라 부르기도 했지요. 경건하게 새해를 맞이하려 집안 곳곳에 등불을 밝히고 잠을 자지 않았지요.

대궐에서는 새해 길목을 막고 선 묵은해의 악귀를 쫓기 위해 나례儺禮라는 의식을 행했습니다.

조선 시대까지도 민가와 대궐이 함께 했던 세시풍속들이 역사의 뒤안길로 사라지는 것을 보며 안타까움을 지울 수 없습니다.

선조들은 어떤 심정으로 기우제를 지내고 지신을 밟았을까요.

선조들은 어떤 심정으로 대보름 달을 향해 기도했을까요.

드디어 답을 찾았습니다.

'지성至誠이면 감천感天'

정성이 지극하면 하늘도 감동한다는 믿음.

우리는 너무 많은 것을 잃었고 너무 쉽게 버렸습니다.

지난해 무작정 남발한 결심이 부도수표가 되어 제야의 종소리를 기다리는 내 앞에 쌓입니다. 참으로 난감하여 어찌할 바를 몰라 허둥댑니다.

이때 헨리 뉴엔 신부가 쪽지를 내밀며 위로합니다.

"하느님은 셈을 하지 않으신다.
아무 원망이나 보복 감정 없이
그저 우리가 돌아오기만을 기다리신다."

아, 해마다 그랬던 것을.
제야의 종이 울리면 그분이 백지를 내밀며 새로운 시작을 허락하셨던 것을.

개양귀비 들에서 로버트 보노 1858-1933 미국

□ 마침표를 찍으며

## 자연에 바치는 헌사獻詞

자연이 내게 베풀어준 고마움을 갚을 수 있다면
고달픈 이에게 따뜻한 위로가 될 수 있다면
이런 마음으로 고민하고 있을 때
후배가 용기를 북돋아 주었습니다.
꽃들에게 도움을 청했습니다.
일 년 열두 달은 꽃 정물로 시작했습니다.
꽃장식 인물화로 58편 이야기를 시작했습니다.

2023년 봄 성지골에서